U0599220

画室一洞天

冯骥才／著

作家出版社

画室说

（自序）

我称"书房一世界"，是说书房之大、之宽广、之丰厚幽邃、之深藏历史之重重，有如一个世界；我写了一本书，远远未能将其穷尽。现在又说"画室一洞天"了，何谓洞天？洞天乃道家所说——神仙居住的地方也。这该是怎样一个地方？

我有两个空间：一个空间是以文字工作，此为书房；另一个空间是以丹青干活，此为画室。这两个空间的不同，不仅是工作方式的不同，实际上是心灵分工的不同。我说过，写作于我，更多是对社会的责任方式；绘画于我，更多个人心灵的表达与抒发。所以我分别称之为"一世界"与"一洞天"。

洞是藏身之处，私人空间，一己天地，隐秘安全。洞又是人类最早的家。我们的祖先是"山顶洞人"。家是温暖的、自由的，也是世界惟一可以不设防的地方。神仙的洞天就更美妙了：洞天福地，山丽川明，仙乐神曲，异卉珍禽。而我的画室不正是有洞一样的私密，家一样的自由，神仙一样的神奇？何况里边还隐含着我个人数十年的艺术生涯、人生的轨迹以及过往的思考。只有自己闻得出画室里历史的气息，感受到自己活生生、一触即发的精神生命。

然而，我这一次不是为了作画才走进自己的画室，我是从书房进入画室。我要以一半的文学的自己，面对另一半的绘画的自己，并做一次文字的探询与记录。

自己写自己的好处是可以忠于自己，也更忠于读者。

2021.6.30
于心居

目录

有的画家画室有名字，有的无斋号。古代画家的画室皆有斋号，有的画家还题写成匾额，悬挂于画室正面的墙上。这些斋号的来由多缘于一种雅兴或雅好，有的还含着一个故事。比如，沈周的水云居、徐渭的青藤书屋、朱耷的驴屋、吴昌硕的缶庐等等。这些斋号，如果常被画家题在画上者，世人皆知；不常题于画上者，则只有自己知道。齐白石一生画室的斋号就像鲁迅的笔名一样，十分多多，然而其中最常见于画上的是寄萍堂和借山吟馆。

齐白石还有一斋号很特别，叫作：甑屋。齐白石年幼家贫，可是自己爱好读书画画，祖母常常笑着说：画画不能煮了吃。后来长大卖画为生，渐渐成名，日子宽裕，"煮画"便不成问题，可惜祖母已不在人世了。回顾往事，有感于怀，便用了昔时煮饭用的"甑"字作为斋号。

这斋号里含着多少人生的感叹。

可是，现代画家与古代画家不同，画室不再用斋号。因何？是有意地区别古人，还是现代画家职业化了，画室成了工作间？抑或是每一代人都有自己的性情，现代画家不再是文人？这确是应多想一想的问题。

在我熟悉的画家中，韩美林的画室最大。几乎像个大厂房。桌上堆着小山状的各种纸张，高高矮矮的颜料罐、墨汁、水罐以及大量的毛笔、钢笔、马克笔，还有一摞摞厚厚的硬皮的手稿本。画室侧面的大墙，上百平方米，挂满大大小小的近期新作。靠墙摆着各种新近创作的雕塑与陶艺等作品。对于这样一位一旦心血来潮就如脱缰野马一般的艺术家，他需要这样超大的画室。

我熟悉的另一位画家——吴冠中先生的画室却极小。他生前居住在京南方庄一个单元房内，画室最多十平方米，与我青年时蜗居的斗室差不多。一张小方桌上堆着大盆小碟和水墨丹青，一张比单人床略大的画案上铺着墨迹斑斑的毛毡。然而，他这间小画室与韩美林的大画室却有一个相同之处，就是没有任何装饰，不像传统文人总有些闲情逸致。

他们的画室不是给别人看的，更像一个干活的车间——除去工具就是工作台。吴冠中和韩美林个子都矮，韩美林在画案前放一张扁扁的台子，作画时人站到台子上边；吴冠中则是把画案的四条腿锯下一截，将画案的高度降下来。这样的画室不再是享受的地方，还需要斋号吗？

我早在七十年代末便由绘画"转战"于文学。画室变为书房。原先的斋号也就弃而不用。直到后来做文化遗产抢救，苦无经费，想起了卖画换钱，便张起"文化自救"的旗帜，重拾旧业，操笔作画，也回到久别又温馨的丹青生活里。每每在画上落款题跋时，总要写个斋号。先前的斋号有些过时，不好再用，应当取个怎样的名字才更适合自己？

那时，白天奔波于山川大地与田野之间，探访各处古风古艺，寻觅、搜集、记录、整理，千头万绪，还要组织人马抢救濒危的人文遗产。作画常常在夜间。由于抢救的事过于紧迫，这就更要加紧作画，来筹措资金。每到深夜，虽然身子乏了，只要站在画案前，却立见精神。然而，做这种事究竟人少力单，常常不被理解，需要自我的振作与激发。这时忽想起明末新安一位才子的斋号——不夜斋，从中获得了灵感，便起了至今依然还在使用的斋号：醒夜轩。

画室印鉴

自书匾额

第一块砚到我手中，缘自我习画之必需。此砚为端砚，形制普通，正圆形，径七寸，周围一圈矮沿，无任何做工，却制作得十分精整规范。

我于砚，只讲"实用"。此砚正合我用，质地细腻，却很下墨；研出的墨汁细又浓，以水化开，可分五色。我从老一辈书画家那里学得爱惜砚的常识。比如磨过的墨，一定要将墨放在墨床上，不可停放砚上，否则墨会粘结砚面，墨的胶大，粘得很紧，倘若硬去掰墨，就会损伤砚面。再比如每画过画，都要清洗砚石，洗净残墨。古人把洗砚的池塘称作洗砚池。还有许多文人洗砚的佳话传世。

我这块看似平常的砚石，每每在洗净之后，方显露其本色的非凡。不但黛中含青，绿如深树，而且石纹全都显现出来，仿佛一些飘动的牛毛，轻盈优美。一位懂得砚石的客人来访时见了便说，这砚石出自广东端州的老坑，从其形制和砚心下凹的情形来判断，应是晚明之物，这使我对它多了一份爱惜之情。

与翰墨丹青打了一辈子交道，碰到的好砚自然许多。但那些好砚只是玩物，惟有此砚称得上我书画人生的伴侣。半个多世纪里，它默默地源源不绝地为我提供"生命的原浆"，我视它不只是一件使用工具了。

然而八十年代以来，画家的画室发生根本的变化。自从有了墨汁，渐渐替代了磨墨，两千年来研墨作画的传统开始撤出了画室。砚台从此绝迹于案头。

我这一代应是最后的研墨作画的一代。

于是，我的这块端砚便带着个人绘画史的记忆，由原先应用的物件转变为一种纯精神的纪念品，陈列在我画室一张条案上。这张条案上还有几块颇值得玩味的古砚。一是砖砚，砖的一侧刻着五个字"升平元年制"，升平是东晋年号，气质古朴凝重；一是汉瓦砚，上书"永寿嘉福"，鸟虫篆体，灵动秀异，有一种神妙之感。另两块一是唐代簸箕砚，三彩釉；一是宋人的抄手砚，陶制，形制都美。还有一块长方形紫端小砚，上端凿一磬状水

习画时使用的第一块砚台

槽，刻工精雅。此砚背面保留天然石皮，侧面镌刻一行楷体边款"温润而泽，缜密以栗，亦刚亦柔，惟玉比德"，下署"苏湖铭"。我看这块端砚至迟是明末清初。现在把它们摆放一起，也算是"贯穿"了砚的简史。

十年前赴皖南，登黄山，在徽州得到一块虎斑眉纹歙砚的原石，有石皮，一尺多大，重二十余斤，浑圆厚重，光润滑滋，十分可爱，虎纹自然而优美，应是世所少见。当地人问我要不要请一名家雕刻，要龙要凤要云要水随我挑。我听了忙摇着双手说不要。古往今来，多少好砚石叫粗俗的雕刻糟蹋了，还是一任自然为好。

习画记

我自幼嗜画，从师习画是我那个时代必由之径。我十四五岁时，求父亲为我找一位老师。家父从商，不熟悉个中的事情，为我打听来两位教画的老师，当时在我的城市里都算得上名家。一位是陈鹰祥先生，一位严六符先生。陈先生工于界画，画法遵循宋代郭忠恕及清初宫廷画师袁江和袁耀。严先生师承津门名师刘子久（光城）与陈少梅（云彰），宗法北宋山水。我那时在学校所学都是西法美术，速写、素描和水彩等等，对传统的中国画一无所知。后来父母为我选中了严六符，第一次见到严先生的画稿，画上两个老者悠闲地在松下对弈，画面古典优雅，如同古画一般，心想自己要能画一笔这样的国画多好，这便一步跨上了中国山水画之舟。倘若当年父母为我选上陈先生，说不定今天我还在一手执笔，一手拿着界尺，去画那些重檐飞阁、精工又刻板的界画呢。我散漫又随性，何能忍受？

那时习画，主要是学习技法，靠技法入门。山水画从"勾、皴、染、点"入手。中国画的基本技法全是程式化的，所谓"石分三面，树分四枝""矾头菱面，负土胎泉"，一招一式都要学到手，不能有半点差池。这种科班学艺，往往会影响终身。传统的金科玉律，一定会限制个性的发挥。所以李可染先生说："以最大的力量打进去，再以最大的勇气打出来。"可是进去得愈深，出来就愈难；进去得不深，又难深谙传统的精髓。这是中国画最难的地方。

我开始习画那年应是十四五岁。每周一次，下午或晚上。一个月学费是五元钱。老师住得很远，在河北区旧意大利租界，我家在老英租界五大道。中间隔着很大一片城区，还横着一条海河。每次去上课，家里给我一角钱路费。由家里到市中心的劝业场地区来回公交费八分钱，渡河的摆渡一趟一分钱，加在一起正好一角钱，但我不舍得花掉这钱，尤其是公交车的车资，我把这些徒步省下来的钱攒起来，去买各种绘画资料。如今画室中珍藏的早期一些美术书籍，就是这样积累下来的。比如俞剑华的《中国绘画史》、于安澜《画论丛刊》、谢稚柳《水墨画》，还有《唐宋画家人名辞典》《李可染画集》……那时买不起大本精印的《宋人画集》，只能买一本小小的图介式的"宋画"，但也都是自家心爱的藏书了。

我最初十分迷恋宋人马远和夏圭遒劲的阔笔长线和刀砍斧凿般的斧劈皴的画法，这种画法到了明代，被文人画所取代，变得无声无息，一直到近代画家陈少梅笔下才重新复活。陈少梅酷爱宋代北宗清劲刚健的画法，他能传达出这种画法的魅力。陈少梅主要生活在天津，对京津画坛影响都很大。二十世纪前半叶天津有不少陈少梅的追随者。

　　宋人作画用绢，陈少梅不用绢，多用一种半生半熟的纸。其中最受他喜爱的是一种日本人用来糊幛子的绵性很强的纸，叫作"美浓幛子纸"。这种幛子纸是一种卷纸，一卷二十五尺，缺欠是太窄，高不足尺；优点是绵性强，柔中有韧，着墨有韵，濡

《宋人笔法》　20.5×34 cm　2009

染无痕，不论皴染，都有绢的效果。这种纸是二十世纪初寓居中国的日本人带来的，1945年后日本人走了，这种纸留下不少。天津有日租界，常常能够见到。可是由于大家都爱用，到了我习画时已经很稀缺，每获一卷，都如获至宝。待用到最后一卷，竟不舍得用了。我用这种纸最后作画是七十年代中期，画的是我少年时在英租界五大道风雪中的老房子——《旧居》。这幅画至今还保存着，一是为了这画，一是为了这种纸。

《旧居》 27×35 cm 1971

方竹古笔

画室里一个明代的彩绘漆柜内，有一个薄薄的松木板制成的小盒，里边放着几支旧笔，竹管的笔杆在三十年前就给手指磨光，有的笔锋还磨掉了一截，快成"短平头"了，但它一直被我悉心保存。

对于书画者，笔是心之具；画画的人最看重的画室物品是笔。齐白石去世前，嘱咐家人把他那支羊毫的"当家笔"随自己同葬。

每个人使用的笔各不相同，皆由各人画什么及其性情所决定。画家只用自己用惯了的笔画画。也就是说，画家最难受的事，就是用自己没用过的笔写字或画画。所以，逢到一些场合，被人再三请求使用备好的笔墨"留下墨宝"时，大多不会写出自己称心的字。

最初插在我画室中笔筒里的只有三种笔。

一种是从黄鼠狼尾巴取毫而制成的狼毫笔，主要是叶筋笔和鹿狼毫山水画笔。陈少梅先生好用叶筋勾皴山石。这种叶筋笔可以皴出马远和夏圭那种斧劈皴的刚健之美。但叶筋锋的锋毫过细，含墨量少，落墨单薄，还得配上一支笔锋较粗的鹿狼毫画笔。另一种是用山羊毛制成的羊毫笔，主要是大中小号的"白云"系列。这种羊毫笔，柔和绵软，蓄水量大，极适合晕染。另有一种是兼毫，兼用狼毫与羊毫两种材料，下笔时便兼有狼毫的劲健与羊毫的柔和，亦刚亦柔，变化亦多，用它皴擦山峦草莽时得心应手。

不同的笔会带来不同的效果与意趣，特别是近三十年随着社会富裕，书画兴盛，各种复古的笔如诸葛笔以及用新材料制成的笔如草笔、麻笔、马尾笔、熊鬃笔等林林总总，不胜其多。我作画不喜欢旁门左道、怪力乱神，靠着新工具新材料带来的外在的特效来出奇制胜。

然而，在传统制笔中略加改造，加入一些创新，却往往带来意外的欢喜。一次，宋雨桂给我一小纸包，纸是画案上墨迹斑斑的废纸。待打开纸包一看，是几支小笔。笔杆是淡黄色的竹管，细如筷，尺余长；笔锋是纯羊毫，也是极细极长，好似一缕眉梢。雨桂说："这笔画树枝极好用，你拿去试试。"这样又长又软的羊毫怎好画树枝？

我当即抽出一支，蘸了水墨，在桌上一块宣纸上抹了几笔，感觉真的出奇的好，看似弱不禁风又细又软的一束羊毫，里边仿佛有充足的劲力，画出线条不单挺拔有力，还有味道。此时，只听耳边响着雨桂得意的声音："怎么样，好使吧？"我问他这笔出产何处，他说制笔的是一位山东滨州人，喜好玩笔，自己选料，自己捆扎，却从不卖笔，每制新笔，辄必送给友人去试。别人说好，他就高兴。雨桂说："你喜欢，他开心。我回头找他要，给你多备几支。"

我最初用的画笔多是北京李福寿制的笔。笔杆上的字是手工刻的，正楷小字，刻工讲究，钩撇点捺，都很精当。老师嘱咐买笔时挑笔要看三个方面：一是笔杆要直，挑笔时把笔平放桌上一推，笔杆转动均匀者为好；二是笔头要牢，笔头是用松香粘在笔杆上的，挑笔时须捏着笔头轻轻拔一拔，牢固者为好；三是没有虚尖，这一看便知。

老师要求执笔时，一定要手执于笔杆中部，靠上更好。执笔高，才能悬腕悬肘，画起来挥洒自如。倘若执笔低，只能靠手腕的转动。现在看网络的视频，常见有人用手指捏着笔头写字画画，这只能笑而称作"指写"了。

我喜欢收藏，偶尔也藏一些老笔，其中有一支是我的最爱。这笔的笔杆十分少见，方形，指粗，皮质光润。这种竹管天然方形的方竹生长于江浙和安徽一带，看上去有种特异的气质。此支笔的上端有笔帽，用的是更粗一些的方竹的竹管；笔帽的帽口和笔杆的上下端，都镶着紫檀木的细边，做工十分考究与雅致。笔帽上刻着年款：康熙癸未三月。距今已逾三百年，应是珍贵的古笔。更珍罕的是笔杆迎面刻着两句诗：

江上年年芳意早，蓬瀛春色逐潮来。

背面还署着名款：勾余胡以宾。

笔杆上这两句诗，出自唐代诗人李约的《江南春》；这位胡以宾是何人，却无从得知。然而"勾余"二字是秦晋之前古越腹地宁波慈城最早的称呼。慈城是我的老家啊！这原来是三百多年前我的一位同乡先人使用过的笔！

此笔的由来，应是康熙癸未（1703年）三月，江南春意涌动，慈城草绿花开，这位胡以宾先生心情极好，古往今来咏春颂春的佳句连连而至，唐人李约这句名诗也闪闪发光地蹦到他眼前，这便去请一位制笔匠人选了上好的方竹，精制成笔，并将李约的诗句连同自己的名款都题刻在笔杆上了。他还特意在名款旁注上"勾余"二字，显然以自己是古越的后人为荣了。

因故，这支方竹笔便成了我画室中一件意义非凡之"宝物"。

《故宫周刊》

在漫长的习画的日子里，一部画集与我死死纠缠，便是《故宫周刊》。它好像自我出生时就在我家里。那时家中的客厅很大，一些皮面沙发中间摆着一个长形的茶几，玻璃台面，透过亮光光的玻璃就可以看到茶几下边一层整整齐齐地放着两摞黑色漆纸封皮精装的八开画集，上边烫着金字：故宫周刊。

我是商人家庭，家中没人看这部卷帙浩繁的书画。摆在客厅，为了给客人看的，然而来我家做客的客人多是商人，也不会去翻动它。很多年来它其实是我家客厅的一件风雅的饰品，一动不动"停留"在那里。但是，待到我学画和临摹古画时，它就派上了用场。它被我一本本搬进我的房间，和我画室的另一些画集如《湖社月刊》《南画大成》《芥子园画谱》等等放在一起。我家这套《故宫周刊》共二十二本，其中一本是总索引，尤其好用，由它可以从这套画集中快捷地找到任何一件自己要看的作品。

这套画集，除去书画，还包罗故宫宝物珍藏之万象，从建筑、庭院、园林、匾额到各种珍贵的器物、文献、书籍、工艺、文玩，以及皇室生活无尽豪华之面面观，尽在其中。我虽然重点看画，却也由此开阔了古文明的视野，不经意之间它也成了我日后喜好收藏的启蒙。

《故宫周刊》顾名思义，是每周一期，初为散页，后来合订成册。故而翻看这套画集时，隔几页就会看到故宫博物院首任院长易培基那种有点"仙气"和病态的题字。由于这画刊每一期都要给人一点新鲜感，便更换一种颜色，包括文字与图画。比如这期是褐色的，下期换成紫色，再下期便更换为绿色。民初石印的画报都采用这种"换色"的方法来讨人喜欢，如《北洋画报》、《良友》画报等。《故宫周刊》每期还会推出一幅重量级的藏画。这些画的出现，是不依照画史的先后顺序的，所以每见一幅喜欢的画，我都要查阅一下俞剑华先生的《中国绘画史》。

碰到特别喜欢的画，就忍不住要临摹。所使用的方法是"打格放大"，如同木工的放大样。我临摹过这部画集中郭熙的《秋山行旅图》和《早春图》、王冕的《梅花图》、马远的《踏歌图》、刘松年的《四景山水图》，甚至依照原作尺寸临摹过极具民俗特质的苏汉臣的《货郎图》。我临摹山水是为了学习技法，惟有临摹《货郎图》是出于一种民俗情怀，日后摹写《清明上河图》亦缘于此。

《故宫周刊》上大量的宋人小品尤为我痴迷。我喜欢宋人小品中特有的精巧、简洁、空灵、阔远。一如唐宋散文，绝不把话说尽，留下一半空白给读者。我摹写的宋人小品颇多，只是时隔太久，保存下来的很少。仅存一本册页，纸本，内有摹本五幅，原作皆在《故宫周刊》中。

九十年代头一次看台北的"故宫博物院"，一进入珍品室，忽有一种故旧的气息扑面而来。许许多多熟稔于青少年时代的古画，突然出现面前，好像老友邂逅，感受到一种"情感的遭遇"。这些画都是故宫南迁文物，一九四九年运到台湾。我看过、欣赏过、临摹过的全是在《故宫周刊》上的印

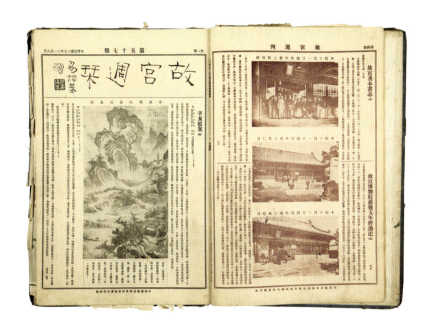

刷品，如今过了半个世纪，竟是头一遭见到这些画的原作！一时快意非常。回来还写了一篇随笔《台北故宫看画小记》。

历经多磨，现在只有几本失群的《故宫周刊》与我相伴。它不再是画集，而是怀旧之物了。

我的《清明上河图》

与我纠结了几十年的一幅画，是世人皆知的《清明上河图》。我是画山水出身，初识它时却给我以强大的震撼。一个画家居然敢于把一个城市画下来，古今中外惟有这位宋人张择端，而且这幅画无比的庞博和深厚、精确和传神，连街头上发情的驴、打盹的人和犄角旮旯的茅厕也全都收入画中！现在想来，我对它的痴迷与我对民俗兴趣的潜质分不开。当时我二十岁出头，气盛胆大，不知天高地厚，居然发誓要把它临摹下来。

要临摹好《清明上河图》必须懂读原作，但原作藏在故宫，只能一次次坐火车到北京故宫博物院的绘画馆去看，并把认识到的一些细节记在小本上，常常一看就是两三天，随即带着读画时新鲜的感受跑回来，伏在案上，对照印刷品来摹写。可是故宫博物院也不是总展出这幅画。那时信息不通，更没网络，无法获知何时展出。常常是一趟趟白跑腿，乘兴而去，败兴而归。

我最初临摹《清明上河图》是失败的。我以为自己习画是从宋人院体画入手，临摹这幅画不会太难。但动手临摹才知道，除去画中的山石、树木和流水我画过，大量的民居、人物、舟车、店铺、家具、风俗事项和生活物品，都从未画过。不知画法，很难下手。而张择端的笔法既是写意，也是工笔，洗练又精准，活脱脱活灵活现，在旁人的画中不曾见过。画家的个性愈强，愈难临摹，而张择端用的笔是秃锋，行笔时还有些"战笔"，苍劲生动，颇含韵致，仿效起来更难。

然而，我天性喜欢面对挑战，临摹此图时，偏偏选择画中最复杂的一段——虹桥，以为拿下这一环节，便可包揽全卷。谁料这不足两尺的画面上竟拥挤着上百个人物。各人各态，小不及寸，手脚如同米粒。这些人物挤在一起，相互交错，彼此遮翳，倘若错位，哪怕差之分毫，也会乱了一片。这一切只有经过临摹，才明白其中无比的高超。于是画过了虹桥这一段，便搁下笔，一时有被此画打败之感。

重新燃起临摹《清明上河图》的决心，是在二十世纪六七十年代。那时我从事的仿古工作被迫停止，天天闲着，有大把的时间，可用来临摹这幅绘画史上的巨制。

我先做好充分准备。自制一个玻璃台面的小桌，下置台灯，把用硫酸纸勾描下来的白描全图铺在玻璃上，敷以素绢，待电灯一开，画面清晰地照在绢上，这样再对照印刷品临摹就不会错位了。可是我没有张择端用的那种秃笔怎么办？我琢磨出一个好办法，用火柴吹灭后的余烬烧去毛笔锋毫的虚尖，这种人造秃笔画出来的线条，竟然像历时久矣的老笔一样苍劲。同时，我还对《清明上河图》中的各种技法悉心揣摩，先要另纸练习，直到有了把握，才敢上手临摹。这样，始自卷尾，由左向右，一路下来，愈画愈顺，感觉自己的画笔随同张择端一起穿街入巷，游逛百店，与往来行人摩肩擦背，推推搡搡。待走出城门，徜徉在人群中，自我感觉完成这幅巨画的临摹应无问题时，忽然出了一件意外的事——

一天，我的邻居引来一位美籍华人说要看画。

据说这位来访者是位作家。我当时还没有从事文学，对作家心怀神秘和景仰，遂将正在临摹中的《清明上河图》押开给她看。画幅太长，画面低垂，我正想把画放在桌上，谁料她突然跪下来看，那种虔诚之态，如面对上帝，使我大吃一惊。像我这样在计划经济中长大的人，根本不知市场生活的种种作秀。当她说如果她"有这样一幅画，就会什么也不再要了"，我被深深打动，以为真的遇到艺术上的知音，当即说我给你画一幅吧。她听了，那表情，好似已到了天堂。

艺术的动力常常是被感动。于是我放下手中画了一小半的《清明上河图》，第二天就去买绢和裁绢，用红茶兑上胶矾，一遍遍把绢染黄染旧染匀，再在屋中架起竹竿，系上麻绳晾绢。那条绢有五米多长，便折来折去地在我小小房间的半空中"游走"。此时的我，对这幅画临摹得正是得心应手，动笔画起来很流畅，对自己也很满意。天天白日上班，夜里临摹，直至更深夜半。嘴里嚼着馒头咸菜，却把心里的劲儿全给了这幅画。那年我三十二岁，精力充沛，一口气干下去，到了完成那日，便和妻子买了一瓶通化的红葡萄酒庆祝一番，掐指一算居然用了一年零三个月！

此间，那位美籍华人不断来信，说尽好话，尤其那句"恨不得一步就跨到中国来"，叫我依然感动，期待着尽快把画给她。但不久唐山大地震来了，我家被毁，墙倒屋塌，一家人差点被埋在里边。人爬出来后，心里犹然惦着那画。地震后的几天，我钻进废墟寻找衣服和被褥时，冒险将它挖出来。所幸的是我一直把它放在一个细长的装饼干的铁筒里，又搁在书桌抽屉最下一层，故而完好无损。这画随我一起逃过一劫，与我是一般寻常的关系吗？

此后，一些朋友看了这幅无比繁复的巨画，劝我不要给那位美籍华人。我执意说："答应人家了，哪能说了不算！"

待到1978年，那位美籍华人来到中国，从我手中拿过这幅画的一瞬，心里真有点舍不得。我觉得她是从我心中拿走的。她大概看出我的感受，说她一定请专业摄影师拍一套照片给我。此后，她来信说这幅画已镶在纽约曼哈顿第五大道她家客厅的墙上，还是请华盛顿一家博物馆制作的镜框呢。信中夹了几张这幅画的照片，却是用傻瓜机拍的，光线很暗，而且也不完整。

1985年我赴美参加爱荷华国际笔会，中间抽暇去纽约看她，也看我的画。我的画的确堂而皇之被镶在一个巨大又讲究的镜框里，内装暗灯，柔和的光照在画中那神态各异的五百多个人物的身上。每个人物我都熟悉，好似"熟人"。虽是临摹，却觉得像是自己画的。我对她说别忘了给一套照片做纪念。但她说这幅画被固定在镜框内，无法再取下拍照了。属于她的，她全有了；属于我的，一点也没有。那时，中国的画家还不懂得画可以卖钱，无论求画与送画，全凭情之所至，所谓"秀才人情纸一张"。一时我有被掠夺的感觉，而且被掠得空空荡荡。它毕竟是我年轻生命中整整的一年换来的！

现在我手里还有小半卷未完成的《清明上河图》，在我中断"这幅"又失去画的"那幅"之后，已经没有力量再继续画这幅画了。我天性不喜欢重复，何况临摹《清明上河图》又是一项太浩大、太累人的工程。况且此时我已走上文坛，我心

中的血都化为文字了。

　　写到这里，一定有人说：你很笨，叫人弄走这样一幅大画！

　　我想说，受骗多半缘自一种信任或感动。世上最美好的东西并没有人拿走，还在我身上。而且，还有这未完成的小半卷《清明上河图》，藏于画室，自我见证。

《清明上河图》摹本（局部）

摹宋·张择端《清明上河图》　25×200 cm　1972

半本册页

我原先有一本册页，蓝绸面，素页，纸质绵润，日本人制作的。这是青少年求学于湖社画师惠孝同先生时，先生送给我的。

那年我十七岁吧，由于要到塘沽第一中学上高中，不便暑期再到北京问道于惠先生。惠先生送我这本精致的册页，带有存念之意。当时，我很想求先生画几笔，却羞于开口，不想先生竟自己翻开一页画起来，画得还十分精心；随着柔和与婉转的笔触，渐渐生出一片被朦胧的雾霭笼罩、静谧而清新的湖光山色。先生所采用的是他擅长的小青绿画法。他一边画，一边现身说法地向我传授技艺。他说，小青绿以"四绿"为主，设色时要先将纸打湿，铺上颜色后，必须趁着纸湿而用羊毫笔不断轻擦，一直擦到颜色发"毛"。石绿是一种矿物颜料，只有这样设色，颜色才能入纸，不致浮在纸的表面。他为我作画，同时又把小青绿设色的关键演示给我。先生用心，感动我心。

先生画过这页画，落款"湖山罨霭"，还给册页封面的题签书写了四个字：模山范水。我一直把这帧富于书卷气的小画视为最能够彰显先生气质与风格的精品，而一直珍存。在"文革"席卷我家时，曾塞在地上一堆捣烂的图书里，躲过一劫。

此后在津，一段时间向张其翼与溥佐二先生学习花鸟画。二位老师都是美术学院教师，平日授课，周日在家。我们一些年轻人就到这些教师家里习画。溥佐和张其翼先生同住在河北区地纬路一座灰色三层的教师宿舍楼。

张其翼是我分外敬重的画家，他技法老到，又有新意，随便几笔也有巧思。我太喜欢他的画了，忍不住把那本惠先生赠送给我的册页拿出来，怯生生地说："您给我画几笔行吗？"

张先生坐在那里翻开册页看了看，抬头对着我笑道："就照你说的，可就几笔呀——"他好似不假思索地挥笔就画，没想到这就是册页上先生这幅写意花鸟的精品《秋趣图》了。寥寥数笔间，不仅捕捉飞虫的小鸟神气活现，那颗半红半绿半熟的海棠果也画得招人喜爱。张其翼勾线的本领超人，尤其单线勾秋叶时，手腕下好似有个"万向轮"，旋转自如。在这笔的纵横中，一大片秋叶千姿万态地现于纸上。先生作画时喜欢与人说笑，尤其喜欢别人称赞他出神入化的笔墨。说得他高兴时，更有神来之笔闪亮出现。

溥佐先生是位亲和的师长，天性温和憨厚，画如其人，醇厚、丰沛，且具韵味。先生待人不分身份，一概认真，给我作此小图，居然也精心来画。山峦树石的皴染都是一遍复一遍。如今看来，犹然感动。

那时先生只住两间屋，几个孩子都小，他必须设法养家，而画店里很少卖当代画家的画，只有北京荣宝斋约他画一种出口的手绘书签。他每画好五百张或一千张便亲自送往北京。送一次画，得到一些钱，心里高兴，回来时必要带回两样东西：一是老墨，先生喜欢收藏老墨；一是很大一包袱肉包子，全家吃。冬天怕凉，这包袱皮就加一层棉。一次周末去先生家学画，正赶先生由北京回来，先生向我们炫耀他古墨收藏的新收获，他的孩子们则乘机把小手伸进那个热烘烘的大包袱里"偷"包子吃。

美院的教师宿舍是两排房子,孙其峰先生住在另一排,与溥先生这座楼对面。我在这边上过课,时常到对面看着孙先生坐在窗户内。我在溥先生这边下课,便会带着自己的画去请孙先生指点。孙先生是美术学院国画系的主任,极富教学经验,待年轻人从来都十分热情。那天,我从溥先生家出来去看他,手里拿着溥先生刚刚为我画好的册页。孙先生看了,评点一番。待我请他也画一幅时,他叫我把册页留下来,他要找时间画。半个月后,我再去看孙先生,孙先生笑嘻嘻地把册页给我。我原以为他会画三两只麻雀或几枝迎春,这都是那时期他喜欢画的,谁想竟是一幅山水,上边题写着"黄山云海"。画的正是巨石长松,大片大片涌动的云烟中雄浑又迷离的群山峻岭。我问他这云烟里的山如何用笔用墨,他说用墨兼用水,凭着感觉画。这时,他忽然对我说:"我发现你有时用笔根画,这不好。笔的任何部位都可以用,唯独笔根不能用,笔根画出来的墨是死的。"

《秋趣图》 张其翼 27×36 cm

《模山范水》册页封面 27×18 cm

这话我一直记着。

我还发现，做过教师的画家，都善于从自己的经验中总结出画理。

在1976年大地震中，这本册页被我从废墟中抢救出来，但只剩下半本。但令我惊讶的是，我的几位老师送给我的亲笔画，竟然一幅不缺全都保留下来。任何灾难中都有幸免者，然而这本册页中的幸免者，竟然是我之心爱，全部幸存。何以感谢上苍？惟有倍加珍惜。

惠孝同先生

少年习画时，对我影响最大的是惠孝同。惠孝同先生原名惠均，出生北京。民国时期的画坛"领军人物"金城（北楼）的门徒，1927年加入湖社画会，为骨干之一。湖社成员皆号"湖"字，惠先生号柘湖。陈少梅先生亦曾加入湖社，号升湖。其他成员有陈半丁、于非闇、胡佩衡、王雪涛、溥儒等。惠孝同又是收藏大家，所藏宋元名品知名于世。

我与惠先生家是远亲。每至暑期，就跑到北京，住在王府井大甜水胡同惠先生家，一处深宅大院的一间厢房里。这厢房平时空着。惠先生的书房正对着一个很大的有花有树的庭院，房中一面黑色大漆的木隔扇门窗，其他三面全是顶天立地的楠木书架，放满线装书籍；日照进来，楠木香与书香混在一起，香气沁人，现在任何人的书房都不会再有这种香味了。有时先生上午叫我到他的书房，听他谈书论画，说古评今。他喜欢双手相互搓一搓手掌，待搓热了，再举起手搓脸，他说这样很舒服。这样一点点进入谈兴。说到高兴时，起身去拿来一幅古画，挂在书架上给我看，边看边讲，此时他心里充满欢悦。在他的书房里，我看过他珍藏的宋代王诜的《渔村小雪图》，这幅画堪称国宝；此外还有吕纪的中堂花鸟《四喜图》，饱满丰厚，富丽堂皇。一次，先生拿来一幅二尺余高的小画，放在镜框里，竟是我之最爱——郭熙的《寒林图》。惠先生说，这幅画上无款，不一定是郭熙所作，但确是郭熙风格，并颇具郭熙神韵。郭熙善以云头皴法画窠石，以蟹爪笔法画寒林，所作冬景刚劲瘦硬，寒气逼人，技艺之高，直追李成。惠先生说罢，拿给我一张与这幅画大小差不多的素绢，叫我对临。这次对临古人原作的体验，敲骨吸髓般地进入了我的笔管。

我从严六符先生那里学到的是宋代北宗的画法，是马夏的斧劈皴、钉头鼠尾皴和刘子久的豆瓣皴；从精通南宗的惠先生这里学到了披麻皴和解索皴，尤其是他擅长的小青绿的染法。二位老师叫我触摸到宋代山水的整体。

　　我十九岁那年高中毕业，报考中央美院，顺利通过初试。主考官找我谈话，说中央美院要成立"李可染工作室"，问我是否喜欢李可染先生。我说李可染先生是我尊崇的画家，并说了我对李可染先生的理解！我从主考官那里感到自己很有希望，兴奋之情溢于言表。主考官微笑着叫我做好去北京中央美院复试的准备。可是此后一片寂静，没有任

惠孝同先生

《湖山暮霭》　惠孝同　27×36 cm

何音讯，直到知道自己榜上无名。过后才清楚落榜
的原因是我的家庭出身不好。

在那个时代，习画有两种方式，一是求学于美
院，毕业后分配到美术专业的单位工作；一是传统
的方式，即问道师门，私人传授，这样便很难被体
制内的艺术部门认可。惠孝同先生喜欢我，一度想
把我调到他就职的北京画院开办的国画学校教课，
但由于"文革"的到来而中断。此后，再加上社会
的变迁和个人境遇的艰难，与先生渐渐疏离了。

可是，只要拿起笔，还会感到先生的影响。当
然这感觉只有我自己知道。

伪好物

画室西面有一块墙壁，经常轮换挂画，一幅挂久了，便更换一幅。这块墙壁不大，只能挂一种竖长的小镜心。

二十世纪末，我遇到一件老画，高不及尺，宽七寸，绢本，质细密，色沉黯；由于历时久远，绢丝的经纬有些扭曲，画面旧渍斑斑，晦暗不清。上方正中有一方印"乾隆御览之宝"，左右下方还有几方小印，皆鉴赏和收藏章。待交给一位精通揭裱古画的老师傅精心地清理之后，清晰地看到其实是一幅《归牧图》！

画前有坡石，后为大树，风雨即至一刻，牧童跪伏牛背，顶风而行。景物刻画得极其精细，通体牛毛竟然是一根根画出来的，而且笔调松秀鲜活，连风吹在牛身上的感觉全都生动而自然地表现出来。

这使我一度怀疑其为佚名的宋元真迹。

可是我究竟从事摹古多年，知道摹古有三种：

一是作为学习传统绘画不可或缺的手段；一是作为文人画家的一种精神崇尚，自明代董其昌以来尊古为上，效古成风；一是作为一种商品的仿古。清代仿古画流行，然而一些高手虽是摹古，作品却有极高的审美和欣赏价值。鉴赏古画往往需要多看几遍，渐渐我从这幅《归牧图》的树石及景物中看到了它用笔缺乏一些宋人的遒劲，画风上缺乏宋人的沉静与大气，由此认定这是清代苏州的仿品。

"苏州片"曾经被视为伪品、假画，历来为藏家排斥。

于是我作了题记，与这幅《归牧图》裱在一起。题曰：

> 余年轻时习画始于临摹宋人山水，后继以仿古为生，由是获知明清来专事摹古者，江南首推苏州，俗称"苏州片子"；江北当雄于京都北海后门一带，世所谓"后门道"。其中高手，技艺高超，往往真假难辨，此作为其上乘仿品，笔法清雅，应是苏州货。放牧题材宋人李迪之擅长也。此为清早期仿品。

一天，台北"故宫博物院"两位做书画研究的女士访我，她们知道我年轻时以摹制古画为生。京津曾是仿制古画（包括仿制敦煌文书）的高手云集之地，她们想从我这里了解这段历史。随后，她们拿出厚厚一本画展图录送给我，书名曰《伪好物：16～18世纪苏州片及其影响》。她们说，台北故宫有大量明清时期的"苏州片子"，有些仿品艺术价值十分高超，从艺术的眼光看不能简单地将其视为"伪作"而轻观了它们。

　　宋代书画家亦大收藏家米芾曾见到一件传为三国时钟繇的书法之作《黄庭经》，虽是摹本，但形神俱佳，米芾感佩不已，称之"伪好物"。"伪好物"便是对绝佳之仿品的一种美称。当然，这是一种艺术的看法，与商品的价值无关。

　　故而，《归牧图》这件"伪好物"为我的画室所欢迎。

余年輕時習畫始于臨摹
京人山水後繼以仿古為學
由是蒐和明清来專习善
志者江南首推蘇州城摞
蘇州片子泛北當雄干京都
北海後川一帶世師謂後川道
其中高手技藝高超往往
真贗難辨以作為其之棄
仿却筆法清潮廉是蘇州
貧故故題料宋人李迪之撞
長也九為清早期佑品
壬辰年仲夏 戴才識

吴玉如先生

我于二十世纪六十年代学习古文，求教于吴玉如先生。这事见于收藏家张重威先生的《默园日记》中：

> 1962年9月9日。冯生骥才来，持吴玉如复书。午后酣睡，四时起，访叔弢谈书，小坐归。

那年我二十岁，常常因看不懂古画上题写的诗文而苦恼，父亲叫我去找张重威先生。张先生曾在中南银行做事，同时间我父亲在大中银行做事，彼此熟识。张先生家住睦南道，与我家邻街。住所是一座折中主义风格的两层楼房，前后大院，杂树环合，幽静宜人。一层一连两间大屋是客厅和书房。满房皆书柜，由于房间阔大，中间书柜还加了两排，书柜的玻璃透出里边齐齐整整摆放着的线装

吴玉如先生

书，十分诱人。柜门挡不住柜内浓郁的书香。书香乃独特一香，书香最香。

那时，津门是海内外经济、社会和文化交融与交流之地。旧英租界的五大道居住着不少寓公，都是声名赫赫的书画及古物的收藏名家。还有一些是实业家，手中阔绰，学养又高，亦好收藏。闻名遐迩的有罗振玉、张叔诚、周叔弢、徐世章等。张先生这则日记中所说"叔弢"，即周叔弢，文物古籍的收藏大家，与张重威先生爱好相同，又家住对门，常常互访，一起谈书论画。

张先生所藏古籍有个强项，是方志。他见到了我，也不问我懂不懂，就从柜里拿出他新近收藏的一部方志《畿辅通志》，高兴地将这版本盛赞一番。随后就到书桌前坐下，取一纸便笺写了，边说："我把你介绍给吴玉如先生，他的学识比我好。"

我便认识了吴先生。

吴先生住在五大道最南边的马场道，与张先生这里也是邻街。他的居所是一座破旧的三层小楼，院内堆满废弃杂物。先生住在一层楼里外两间狭仄的小屋，书籍成堆，高处及顶，遮蔽了墙壁；一张小桌既是生活家什，也是书案。先生是书法大家，偶尔写字，要先挪去桌上的茶壶水杯及其他东西。先生写字好用一种叫作棉连的单宣；用墨时加水，先生好用淡墨，他说墨里加水才是活的，并嘱我画画时一定要"惜用浓墨"。

"惜用浓墨"就是"惜墨如金"的要领了。

先生授业的方式也不同他人。他与我谈话中，知我此前古文没有任何功底，便从《古文观止》和唐诗入手，开篇就讲《后赤壁赋》和《秋兴八首》。先生讲课不用书，书在他肚子里，他背诵一段讲一段，一边用毛笔写在纸上。讲到一些文字，他会再用《说文解字》分析造字的本意。有时，讲了一大段，他突然停住，叫我背诵出来。他用这办法迫使我强记。古文的功底，最基础的便是背诵了。

历史上的名人，活着的时候并不"伟大"。先生生活得拮据，偶尔会给出版社古籍的出版做些校勘的事，收入有限，偶尔能见到他的尴尬。他的一个学生是睦南道上富家子弟，长得白白胖胖，姓陈，父母怕他不学无术，长大难成气候，便拜先生为师。先生待他特殊，上门授课，每次授课那家人都会给先生备好一顿上好的午餐。一次我上午去先生家求教，临走时先生写了一个便条，叫我路过睦南道时给这家人送去。先生在这便笺上只写了一行他特有的飘逸秀劲的小字："午餐不过，晚餐当过访尊寓也。"这并非为五斗米折腰，而是那时一位文史大家真实的生活境况。

先生不入世。街道居委会上门指责他只啃古书，叫他天天看报学习。此后先生屋里会有一两张报纸，不知先生看进去什么，却见报上常有一些毛笔的圈点，细看才知，这些圈点之处必定都是他挑出的错别字。

几年后，"文革"洪流席卷五大道，张重威、周叔弢、徐世章和先生的家全被荡涤一空。我去看过先生几次，一次是在他家的胡同口见到他。他以前很少出门，现在家中无书，空空如也，待腻了，便出来闲逛。远远看，孑然一身，形影相吊，寂寥可知。

我画室曾挂过一幅中堂，是我摹写郭熙的《秋山行旅图》，那幅画是我得意的大幅摹古之作。先生看了，心喜，曾在画面正中题跋百余字，以资鼓励。可惜在"文革"中被扯毁了。先生在授课时随手在一些毛边纸上写出的俊逸遒劲的小楷，也都随风而去。然而我受益于先生的，无论是学识还是孤高自守的精神气质，却始终在我心里。

作诗亦目为风色露月醒横吟至画眉弄影埃厚
辗辗千载上独立古堂高脱书凡枝叶之言腐
俗口哇为故心态不肯随牛后教好兄妩媚
如是从固中来读书通名者妩媚自不可仰
倪云谷内芯心草弄别偶

迁云廿室津门

泰山写生记

我虽然习画始于摹古,神往宋元,但更追求自我的表达,从摹古中破茧而出。

在六十年代,写生已被画界视作国画"从传统走出来"的必由之路,因成为画坛一时兴盛之风。大涤子《石涛画语录》中那句"搜尽奇峰打草稿"遂成为了充满号召力的艺术口号。

我开始走出画室,去写生。平生第一幅发表出来的作品《碧云寺石桥》就是从京郊西山写生得来的。我还多次到蓟县盘山写生,盘山是名山,但在四十年代惨遭日本人的反复洗劫,大量佛寺全部倾圮,古树皆成灰烬,不复先前"京东第一山"的盛誉。山西很多名山也同此命运。

多年里,我去过五次泰山,前两次为了写生。初次登岱是1964年,随同我的老师溥佐先生去写生。一进入这座"五岳之首"的名山,其顶天立地、崇山峻岭、长松巨石、深谷急涧,给我震撼的强烈，至今犹然真切记得。在这里，我找到了北宋山水的精神和种种技法的来源，并使我感觉到这些技法充满生命感。

在山里，我画了大量的写生，钢笔和墨笔的速写与素描，还有彩墨写生。回来整理出许多小画。我还有另一个收获是意想不到的——

那时，山中很少游人，更没导游，每个村民却都是一肚子关于泰山的故事与传说。我对民间和乡土的事向来有兴趣，便向山民探询，与他们攀谈；不经意间，这些充满人文魅力的传说滋养了我固有的文学潜质，使我对泰山产生了浓浓的"文化情感"。我在一家小店里买到两张经石峪的拓片——都是山民们在山间岩石上捶拓下来的。这些字为北齐的高僧安道一所写。我喜欢安道一不拘法度的书风，行笔如散步，自在又惬意。此外，我居然在一家煎饼铺里还买到一本乾隆年刻印的《泰山道里记》，书中所记全是岱宗的胜迹与风物。然而，我那时一心只想把画画好，没去把这些美妙的感知写出来。

第二次登岱是在十二年后（1976年），我带着工艺美术工人大学的学生们去到泰山写生，在山中住了半个月。我选择的住处是中天门的一家旅舍。这地方在泰山山腰，下边是快活三里，上边是云步桥、五大夫松和朝阳洞，再往上就是直通南天门的十八盘了。这一带，怪石嶙峋，草木峥嵘，石阶错落，野水奔流，时时还有一片烟岚飘来。我就带着学生们上攀峰巅，下至谷底，每遇佳景，便纷纷支着画板写生，我在一旁给学生们上山水画课，画画所用的水取自山谷中的清泉。这样的写生妙不可言。

前一次登岱多是感受，这一次登岱多了认识。比如对挑山工，前一次是从人认识到山，这一次则是从山认识到人。大山对人的挑战，人怎么去迎接和战胜它？后来发现这一次的速写本上居然出现了挑山工的身影。有意还是无意的？

没有想到，时代的转变更迭了我人生的风景。进入八十年代，我中途易辙，从事文学，这些在泰山里留下的"生活"，全涌到笔端。这便使众多的关于泰山的散文源源不绝地流淌出来，如《挑山工》《进香》《泰山十八盘图题记》《泰山题刻记》《傲徕峰的启示》和一本《泰山挑山工纪事》。我为泰山写下一首诗：

岱宗立天地，由来万古尊。

称雄不称霸，乃我中华魂。

《朝阳洞》题记　28.5×23 cm　2013

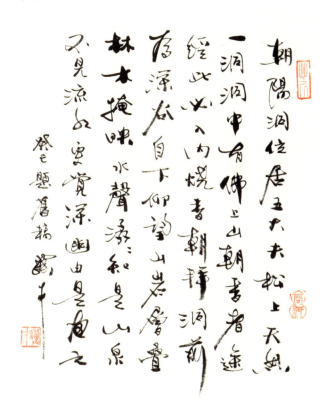

《朝阳洞》 43×27 cm 1976

多年来，我为泰山写了许多文字，画了许多画。友人说我与泰山有缘，可能来自我的母系家族就在毗连泰山的济宁。我有山东的血缘。缘分是奇妙的。其中有一件事不可解。我年轻时候多次受难，早先的文稿画稿，片纸难存。可是，相关泰山的速写、墨稿、画作，保存近半。连那本心爱的《泰山道里记》，居然都毛发未损地全部保存下来，使虚幻的记忆有了切实的凭证。于是我将这两次登岱的画稿整理出来，重新精裱成册，并作题记，记录了每幅画作的由来。这自然是我醒夜轩中一件自我的珍藏了。

林风眠先生

我没有见过林风眠先生。1962年天津美协的展厅举办"林风眠画展",我第一次看他的画就被强烈地吸引。我把我的感受马上写了一篇随笔《林风眠和他的画》,发表在《天津晚报》上。那年我二十岁。

在这篇短文中,我分析了他的画风与技法。我欣赏他水墨里融合着光线恍恍惚惚的气息,对意境的散文化的表达,结构上的音乐感,强烈的形式感和形式美,还有将传统与西方现代融为一体的画法。

记得那时我年少无知,文章发表后,把剪报寄给林风眠先生,还居然异想天开,希望得到先生的"几笔墨宝"。结果自讨没趣,连回信也没收到。但这丝毫没有影响我对先生的痴迷与崇拜。虽然我的根底是宋代山水,宗法马远和郭熙,与林风眠的"当代水墨"风马牛不相及,然而我笔下却渐渐出现林氏的影子。

究其根源，主要因为林风眠绘画中有一种忧郁的气质，与我年轻时的性格相投。这种相投是精神上的、本质的、自然而然的。这种气质的东西在传统的中国画里找不到，但在林风眠的画里碰到了，并与我"一拍即合"。

林风眠的画采用一种主观抒发的方式。这种直接的抒发，我只在倪瓒、郑燮和八大的画里见过，但古代的东西毕竟有时代的隔膜。林风眠的画是现代的、散文化的，对于我很亲切，而且焕然一新。尤其是他致力于精神的探索和情感的表达，对我影响至深。

我在《林风眠和他的画》中，曾写过这样一段文字：

　　画展中有一幅作品，画家是以泼辣劲健的笔势，写出疾风中萧萧倒去的乱苇，低压在水面上的横滩，涌去的云流……却只有水鸟，引颈挥翅，逆风而行。画面上这两股强烈矛盾的力量，表现出一种倔强挺进、不畏艰难的精神与毅力，很有象征性和启发性。这是林风眠独有的境界。

二十世纪六七十年代是我人生的至暗时期。在这个时期，我原先酷爱的"北宋山水"渐渐离我而去。我感觉自己在风格上愈来愈接近林风眠了。我没有刻意去模仿他，只因为我的心境重合了他的画境。

然而，我很怕自己变成他的影子，或者走不出他巨大的影子。八十年代出版了各种林风眠的画集，我每见必买，但很少认真翻看，我怕对他进入得太深，或者他进入我太深。

我相信，真正改变一个人画风的还是时代和人生。

八十年代以来我从事文学，几乎完全离开了水墨生涯。在写作中，在和无数我虚构的小说人物的命运打交道的过程中，我身上的"绘画"悄悄发生了变化，我不知道。到了九十年代，一度重返丹青，动起笔来，忽然发现我的画变了，何时变的？何以变的？是由于心中的文学太多，文学的场景、风景、境界、诗性、想象太多？还是由于被文学写作惹起的感触太多、太深、太切，需要表达的东西太多？比如《往事》《期待》《老门》《通往你的路》《树后边是太阳》《大道》《穿透云层》《温情的迷茫》等等，这

林风眠和他的画　冯骥才

风景　林风眠作

画家林风眠的七十余幅作品在我市文艺俱乐部展出了。

林风眠的画，题材广泛，有风景、人物、动物、静物等，而大都是捕捉一些生活中极平凡而又不被人留意的现象、景象和形象，从认识与感受的深度上，加以体察，去描绘观者。

我们在欣赏他的画时不难发现，他擅长处理明虚实的关系。往往长期与明、虚与实的对比或相互衬托，在多样的排列和铺叙中，给人一种感状变化、韵律音乐般的节奏与韵律的感觉。因此，笔触简练，并不失于内容丰富。就是一片平地，也不觉得光板；就是几棵大树，也不觉得单调。此外，他又善于将画物黑黑地布满画纸，于空白点上（或留出）白色（或淡色的）物体和空间，来排列层次、突出主题。熟习国画家李可染的作品的人，会理解这是我国传统绘画"计黑当白、计白当黑"的特点。

在深色色块村落里，有时是几棵白色小鸟，显得分外明亮；有时是块树间，透有如此墨绿的丛林间活动的气氛。画家常是融合了中国古典绘画的用笔、用色、用意等技法来作画时画面的一些艺术手法，就如他的民族画画法。如果可归为两大体系，一是象油画，水墨画村料点上一只象油画那样的造境。

画家喜爱描写南国山水，尤其是"渔舟晚泊"一类的意境，阔荡的渔村，含蓄隐逸，富于变化。画家就敏锐的抓住这瞬间动态的刹那，凝炼着静止无声的艺术天地。那蒸腾的水波，蒙蒙的山影，迷濛的烟汀浮渚，静泊在船头的渔舟，三五只归舟斜影活泼地扑着身上的水珠……使人感到大自然的绚丽和运动。画展中有一幅风景画，画家喜以淡墨的健的笔势，写出疾风中被吹得萧瑟倒去的乱草、低压在水面上的疏草、涌去的云流……却只有几只水鸟，劲捷挺进，逆风而行。从画面上这所疑强烈矛盾的力量，表现一种顽强挺进、不畏阻碍的精神与毅力，很有象征性和启发性。

画家的动物画，是纵情的

夸张。罐写描迟的腿、身尾矫劲的躯体、猫头鹰大而圆的眼睛……都很有神情，仿佛呵之欲出。而其静物画，更有独到之处。其中一幅，在深色的花桌布上，画家用薄着浓而干的白色笔，连续地勾出一个玻璃鱼缸的轮廓，在这之间，点上两条金鱼和几根水藻。我们常见一般表现从盛水的玻璃器皿的内部现出的背景，大抵画得色彩较淡，而在这里，鱼缸内部现出的桌布的色度，依然毫无变化。因此，画家直奏的进出：玻璃鱼缸是清净透明的，里中的水是静静无的；鱼是不动的。

画家林风眠的独创精神是可贵的。他为我们研究国画的发展提出了新的课题。

些是画还是散文？是艺术的灵感还是人生的感悟？我是从传统宋画还是经由林风眠走到这里来的？

现在我清楚了，是林风眠。是林风眠的艺术与魅力的吸引，使我身上的散文气质和人生情感融入了笔墨，使我的想象顺从了自己的心灵，使我进入了个人全新的绘画世界，使我在不自觉和自觉中形成了自我。

幽黯时期

二十世纪中期的十年间，临摹古画的工作被停止了，改行做印刷。画画便成了纯粹的工余爱好。那期间清闲，读了大量中外的文学书籍，谁想到种种文学的想象悄悄进入了绘画，画风渐渐由客观的描绘变为主观的一己的抒写。一种散文化、抒情性的画风成了我痴迷的追求。在艺术本质上这是一种文人画，但在审美情感上又是当代人的气质。

阴霾密布的天空、奔跑的云、迷离的远滩、流动的光线、寂寥的山野、摇摆不定的枝条……这正是我当时心境的写照。我有意或无意地受到林风眠的影响，因为林风眠的画也是散文化的，同时在那个时代里，他的画充满了一种身处孤独中内心的氛围。

记得1991年冬天我在上海美术馆开画展期间，在上海美协见到锁在一个沉重的老保险柜里边的林风眠画作，大约六十幅左右，大多画在高丽纸上，多为方形，没有托裱，有的竟是两面都画了画。据

《冷雨》　15×7 cm　1968

说这些画他画于六七十年代。他为什么在纸的两面
全画上画了，经济拮据而缺纸吗？这些画给我强烈
的印象是暗淡和低沉，像一个人在压抑和孤独中自
言自语。

　　我喜欢我那个时期特有的画风。我称自己这个
阶段为"幽黯时期"。在这个时期，我的现代文人
画的特点已经初露端倪，而且它已成为我自觉的追
求。那时我画了大量的画，可惜大多毁于1976年大
地震中，现在保留的只有不多的一些小画和画稿。

《孤寒》 40×91 cm 1976

比如《旧街》《夜泊》和《荒寒》，称得上是这个时期代表性的画作，这些画更像是抒写昔日生涯的文字。不知道从这一点点劫后残余中，是否看到昨日的面貌？

八十年代我投身文学，很少再去碰一碰纸笔墨砚，及至九十年代，一度重返绘画时，怀念自己那个幽黯时期，想画几幅，重温以往。但只画了一幅《忧伤》，就画不下去了。时过境迁了，没有那时的心境，自然也没有那种画境。

人无法回到自己的昨天，只有昨天的画可以证实昨天。

印章种种

从绘画史上看，画上的印章，与文人画的出现有关。宋人的画没有款识，也不盖印章。始于米芾、文同和苏轼这些文人作画，才有了题跋，这样，墨色的书法与朱色的印章便搭伴一同登上了画面。诗书画印几种艺术相互配合，形成一种独特的美。

文人画使国画有一种书卷气息和书卷美，在形式上离不开书法与印章。白纸的画面上，题写一段墨笔的书法，再钤几枚鲜明的印章，可谓美妙之极！印有朱文白文，或文字或图像（肖形印），不同书体，不同形制，深化了这小小印面上的审美内涵与文化内涵。此外，印章常常又是画家的一种艺术化的署名。其中的意义来自先秦时期权贵们盛行的"玺印"，故为画家之必不可少。

几十年里，我手边大大小小的印章，总有数百枚。一半名章，一半闲章；几枚生肖章，皆是我的属相——马。

我不讲究印章材质的名贵，只讲求味道。我喜爱的其中一枚名章是瓷印，长方形，上有钮，仿元钧，釉厚润，窑变自然，光溜溜中含有古味。这是河南一位痴迷瓷印的朋友为我所制。因为爱之过甚，竟很少使用。

八十年代初识韩天衡时，他为我治印大小两方。那时我们都年轻，故印文都是"大冯"。大的一方是阴刻，汉碑风格，刀法雄劲；小的一方是阳刻，鸟虫篆体，生动活脱。这两方印是我常用的名章。

画上盖章，完全依从画面所需。但是大画不能用小章，小幅不宜用大印。印章风格或刚或柔或细巧或粗放，应与画面一致。我的闲章多，印文都是自我的"箴言"或"警句"，如"心自由""醉笔醒墨""问纸""人仁忍韧""书外事""仁养心""心居"等等。

八九十年代好用两方闲章，一方是"法外求神"，一方是"无古人"，显露出那个开放年代自己有一股子不管不顾的"创新精神"和猛劲。"无

古人"常用在书法的"引首"。"法外求神"是一
枚方形的石印，我友辛一夫先生制，古拙率真，苍
劲动人，我每每用它给画"压角"。直到六十岁
以后，压角章就好用怀旧的印文了，如"慈城人
氏""大树将军后"和"根在古越"等。这些印章
为细朱文印，精整端庄，文雅凝重，皆出自宁波乡
贤晓峰先生之手。

　　我还有几枚古印，全是偶然得之。多是印文难
辨的汉印、图形奇异的肖形印，还有封泥印，时而
也会拿出来，盖在信手涂抹的书画小品上，怡情遣
兴是也。

亢怀的册页《空谷幽兰》一直伴我，偶尔翻开看看。

此册页凡十帧，很小的方形小画（23×19 cm），皆极精极简、品位极高之水墨小品也。

所画一概是山间兰草，或倒悬于绝壁，或丛生于乱石，或闲伴于野竹杂草，无人顾怜，清逸自得。几笔浓墨兰叶随意舒展，数朵淡墨兰花兀自开放；用笔极简，惜墨如金；信手为之，一任自然；四外无他物，冷寂又空灵。我见过不少自称"禅意"之作，却绝无此空远、通透、纯净、至高之境界。

这十帧小画中，九帧没有题款，只有一枚很小的朱文闲章。最后一帧落款为"丁酉新秋同客鲁临沂写意。用老长兄教正。研弟亢怀"，丁酉应在同治或更早的乾隆年间。

知亢怀者恐无多，画史上找不到亢怀的名字。只在俞剑华《中国美术家人名辞典》中查到一个

"亢怀"条目，内容十分简略，还是转录于《沂州府志》，如下："亢怀，荆楚人，寓居山东兰山。能诗赋，通骑射，工书及篆刻，尤妙于画。尝写兰于山崖石壁，极有逸致。"

但这段短短记载中的"寓居山东兰山（临沂）""写兰于山崖石壁""尤妙于画"和"极有逸致"，都在这册页中了。由这本册页可见亢怀绘画的全部面目。

可是——仅此而已，再也找不到有关亢怀的其他文字，也见不到他其他的画作。如果没有这本册页传世，他便是一个彻底被湮没的非凡的画家。有了这本册页，就见证了这个在历史上曾经出现过却终生不曾显赫过的天才。历史埋没过多少天才？不知道。但留名于史的全是绝世的天才吗？绝不是。

亢怀不正是一位怀才不遇的人吗？画中的冷寂与孤芳自赏不正是他心灵的写照吗？

"空谷幽兰"是我给这本画册起的名、题的签。

我将它一直放在身边的矮几上，是为了偶尔打开，感受一下他超绝的笔墨与画境，嗅一嗅空谷的清寒与兰草的幽香，以悦我目，以清我心。

《空谷幽兰》　亢怀　19×23.5 cm

连廊上的椅子

在家具中我偏爱椅子。逢到一张看上去舒服又式样殊别的椅子，我便想把它请入家中。若是幸遇一把古意盈然的老椅子就更想拥有，当然这样的椅子已经不是用来坐的，而是摆放在那里，作为一件昔时颇含审美意味的生活雕塑，不时叫我感受到过往先人们特有的情愫。这样，我家的椅子就过剩了。可是，我的画室却从无坐椅。

不少画家的画室也不放椅子，这缘于站着作画的习惯。站在案前，视野可以笼罩整幅画纸，坐下来却只能看到眼前的一小块地方，不能顾及全局。再有，站立作画时则可以悬腕悬肘，得以灵活地使用肘部与肩部，同时用上臂力，这样整个身心之力得以通过手臂传达到笔上。我喜欢这种倾尽身心到纸上的感觉，把全部情感投入到画中的感觉。哪怕画一幅咫尺小幅，也要立身挥毫，一任心性。

写字时，更要站着。

可是，国画有一个特点，作画过程中要停下来几次。因为画纸会被水墨洇湿，必须要等画面晾干后才能再画，这时候往往是画家坐下来休息的时候。

画室无椅，我就到连廊上坐一坐。

我这个长长的连廊一端通着画室，另一端连接书房。两端全是花木葱茏，绿蔓缠绕，一任自然。我便将几把藤编或木构的宽展的大椅子放在这木叶的簇拥中、气息里、绿意间，如在田园。我喜欢这里的松弛、随意和随性，它和艺术的本质相通。

夏天里我在椅面上铺一块光溜溜、凉丝丝的草席，入冬后则蒙上几张兽皮。我喜欢在一把圈椅上铺一张雪白而蓬松的绵羊皮，另一把圈椅铺上那张从挪威带回来的灰褐色、鬃毛密实、柔韧而富于弹性的驯鹿皮。这两张皮子的颜色相配谐调又高雅，以至每每春天来到撤掉它们时有点不舍得。逢到清明时节，头顶爬满绿萝的竹架上，常常挂一束晋中的面塑"子推燕"；端午到来，则拴一串花花绿绿的老虎搭拉；中秋时垂下大大小小几个葫芦；春节时则吊一盏天后宫特制的大红玻璃纸的鱼灯。节日总是使生活生气盈盈。

一条七八尺长的老宅院看家护院人坐的懒凳靠在墙边，上边摆着几样粗粝的老东西，有阴刻的汉罐，有现代陶艺，也有干花。我偏爱干花，因为它不会凋谢。

在连廊中还有一种"活"的东西，很美，是阳光。它早晨从连廊左边——画室这一端的窗子照入，黄昏时在书房那一端的窗子上一点点消失。连廊朝南这一面有好几扇窗子，阳光从东向西走过时，一扇扇穿窗而入，展现它美丽而明媚的身影，而从每扇窗子探身进来的光影都因时而变。它最终在最西端那扇窗上即将离去时，迷离又夺目，有点依依不舍。

我沏一杯茶，打开音乐，在这中间尽享此中的一切。直等到纸的水墨差不多干了，起身把身上的疲乏放在椅子上，神采奕奕走进画室，提笔挥洒，一逞性情，让心中的风景呈现在纸上。

远古

我身边什么东西最古老？有两件东西明明白白摆在那里。一件是半坡遗址的鱼纹红陶钵，一件是河姆渡遗址的灰陶猪。

半坡距今六千多年，河姆渡距今天也是六千年以上，差不多同一时期。

半坡文化属于黄河流域（西部陕西），河姆渡文化属于长江流域（东部浙江）。

重要的是两个遗址都发现了先民初期大量的农耕、造屋、打井、墓葬、制陶、纺织、捕猎、养殖等遗迹与器具，以及原始艺术鲜活的实证，因被认定为中华民族农耕文明的源头。

原始人先是捕猎为生，逐水而居，过着马背上游牧式的生活。终日感受着大自然的威胁；在不停顿的奔波和迁徙中，文明很难积累。可是一旦发明了耕种与养殖，便从马背上下来，搭巢造屋，开始了农耕生活。随之而来的是打井、制陶、编网、纺织，制造各种生活器具，并在固定又稳定的聚落里不断地积淀、传承、发展。这样，在大自然面前，人就不一样了。人的主动性被生活调动出来了，能力不断地自我增强了，伟大的农耕文明的朝阳冉冉升起。

半坡是被发现最早种植食粟的地方，河姆渡是被发现最早种植稻谷的地方。这离我们现在有多遥远，又多重要！

我画室里这两件古物说明了什么呢？

半坡的鱼纹陶钵，是半坡人自制的吃饭或盛食品的小陶盆。他们用当地的红土烧制，钵体很薄，分量不重，便于端放。能把陶体刮制得如此薄、均匀和光滑，表明半坡人制陶技艺的高超。他们在这个陶器口缘外侧用黑色画一条装饰性的宽边，中间画着两条鱼，睁大圆眼，张着大口做吞食状；舒展的鱼身，乍起的鱼鳍，轻便俊美，显出游进时速度的飞快。两条鱼一前一后，仿佛绕钵飞驰。线条清晰疏朗，这是半坡人的绘画风格。他们喜欢画鱼，大概与他们此前世代的渔猎生活中，与鱼——这种老天赐予的美食密切相关。

另一件出土于河姆渡的陶猪，应是一件原始的动物陶塑了。猪的形象常见于河姆渡的陶器上。可见猪被河姆渡人所喜爱。从这陶猪的形象上可见，它刚刚被驯养，野猪的一些特征还没有退尽。比如脊背隆起的两条肉脊，显示出被驯化为家猪之前的模样。

应该说，河姆渡这只猪比半坡的鱼更重要。饲养牲畜是农耕生活的产物，也是人类文明进步的标志之一。

河姆渡烧制的陶器，是一种夹杂着炭末的黑陶，烧制时温度低，陶器偏厚，风格趋向粗犷有力。这陶猪采用捏塑手法，造型简括，线条洗练，却非常生动和传神。可以想见，这样一个笨拙可爱的陶猪，会给当时的孩童带来多大的乐趣！六千年前先民们穿着自织的粗线衣，在那种高大的栏杆式建筑里生机勃勃地生活和劳作景象，会一下子出现在我们的眼前。

这两件远古的事物，会叫我穿越时空，进入时光隧道，触摸到早已烟消云散的久远的历史源头，带给我一种历史生命的神奇。

半坡的鱼纹陶钵

河姆渡的陶猪

宋木俑

唐俑要看陶俑，尤其是彩绘的陶俑。唐代雄强，兼又西风东渐，俑的造型饱满丰盈，活力喷张；彩绘的笔法神采飞扬，富丽华美，到达了历史的高峰。

宋俑就要看木俑了。宋代殷实，本土文明高度发展，且接地气，艺术有文雅、平实与亲切之气；无论精英艺术之绘画，还是民间艺术之雕塑，皆有成熟之美。从现存于世的木雕看，如菩萨像，几乎件件精美。历史不会挑选精品遗存下来，由此可见宋代木雕普遍水准之高。故而宋代的木雕，尤为藏家看重！

宋人木雕中，木俑是招人喜爱的美物。虽然只有数寸，然用刀简括，着力很深，寥寥数刀，生动传神。宋俑多是墓主人的侍者、随从、将士，还有在墓中驱妖降魔的夜叉、罗刹、判官和阎君。宋人雕刻这些阴间形象时极尽想象，个个丑怪凶恶，阴森恐怖，狰狞吓人。比方我柜中这个夜叉，头生角，眼光酷厉，手执狼牙棒，默然而立。另一个罗刹，狼目鹰鼻，似可吃人。古人造神，心中有神，造出来的神自然叫人心生敬慕；古人塑鬼，心中有鬼，塑出来的鬼必然令人心生恐惧。这是古人和今人不一样的地方。

宋人的木俑雕好之后，要施以彩绘。可是由于深埋地下，历时久远，水土相浸，色彩尽脱，出土的宋俑大多只有木头的本色。一如我所藏的宋俑，只剩白晃晃的木色，然气质高古，于静默中神气逼人，令人不敢轻易以手去碰。

点景

我二十一岁（1963年）时，在一家报刊上发表了自己第一篇文章，是非文学的，文章名为《山水画中的点景人物》。那时正在学习古代山水画，此文是对中国山水画特有的点景人物的意义及画法的理解。

中国早期的山水画不是独立的，只作为人物活动的背景而存在。从南北朝展子虔的《游春图》到马远的《踏歌图》都鲜明地带有这个"历史的迹象"。后来，画中的景物不再是环境和背景，而是主要的描绘对象，"山水画"便渐渐从人物画中脱离出来，成为一个独立的画种。在山水画中，人物不再是主角，而成为一种具有"点题"和"点睛"意义之所在。点睛是对一幅画最关键、最迷人之处的强调。所以山水画的人物叫作"点景人物"，这是中国画独有的。

五代荆浩在《山水诀》中，对点景人物的特点及画法要点做了明确的阐述：

丈山尺树，寸马豆人，远山无皴，
远水无痕，远林无叶，远树无枝，远人无
目，远阁无基。

这种点景人物在山水画中极小，用笔必简；形
简却要神足，无目若盼，无耳若听，点睛人物必须
画得精妙和传神。在宋代，点景人物的画法就已成
熟了。

及至元代，文人画一统天下，山水画遂成了
文人画家寄情与抒怀之所在。点景人物成了画家自

己，或隐迹江湖，或放浪山野，或相伴于云烟。点景人物常常被画在一幅画意境最深的地方，也是画家想把观者带入画中最动人之处。

我要在画中保持"点景"——这个中国绘画独特的方式，但我的画要表达的是当代的精神与情感，不能再用"骚人墨客"来点景。在我的画里，我用另外两种事物点景：一是闲舟，一是飞鸟。比如，在湖天的迷离中闲泊一只孤舟，或者在山谷升腾的烟雾中腾起一群飞鸟等等。

这闲舟这孤鸟，全是我，是我画中的神往之处。

画室一角，一直挂着一幅壁画。古老、优雅、沉静、斑驳，有一种历尽沧桑的美。半个多世纪来，我多次迁居，画室随之易地，这幅壁画却从不更换，牢牢占我画室之一角，何故？

画中二位天女，太美！丰腴脸儿，面容如花，华衣锦带，仪态万方。一女拈花，一女举扇，亭亭玉立于一片飘渺的彩云中。她们高耸的发式、细眉、小口，以及手中灿然一朵的牡丹，皆唐人之崇尚。它来自哪个地方？哪个庙宇或寺观？

它纵四尺，宽尺半。显然是一幅巨大壁画的局部，而且分明是从某处庙宇寺观破坏性地割取下来的。

二十世纪三四十年代，中国古老的寺观庙宇没有任何保护。自从德国人格林威德尔和勒柯克从库木吐喇石窟，美国人华尔纳从敦煌石窟盗割了大量珍贵的壁画之后，刺激了一些欧美人对这些东方稀世之宝的占有欲。于是盗取寺庙壁画成风。许多庙宇和石窟留下了被盗取之后的狼藉之状。据说我这幅壁画就是四十年代末一个洋人从河西一带盗取的。刚刚弄到手，却赶上大陆解放，运不出去，被倒卖到一个小古董店中。解放后文物不能买卖，后来几经转手，被我遇到。它的古老、优美与珍罕，令我迷醉。为了保护好它，防避虫害，我拆了家中仅有的一个老樟木箱，卸下箱板，改制成一个结实又大气的镜框，把它装好。

我不知道它具体出自哪个庙宇或寺观，但从画风看，可以断定是地道的北方风格；从人物造型、衣饰、内容和画法上看，至晚应是宋代。民间画师绘制壁画大都采用代代相传的粉本，往往前朝粉本后世依旧使用。我断代为宋，还因为这幅画上缺少唐代壁画特有的古朴和简练，又与雍容、饱满和谨严的明代壁画全然不同，它更接近宋代的优雅与亲和的气息。

再有，这幅壁画明显经过后世修缮的。古代壁画旧了，往往会重修。一般采用两种方法，一种是抹灰重绘，新的壁画就要把老的壁画压在下边，敦

壁画局部

煌不少洞窟是抹灰重绘；再有一种是修修补补，重
新着色。我这幅壁画属于后一种。可是古代维修壁
画重新着色时，常常会把原先的墨线遮盖住一些，
使得原先的线条不够完整和清晰，这一点在我这幅

壁画上很明显。因此，我怀疑它最早完成的时间可能早于宋，但我不能确定。

带着一些未解和未知信息的古物往往更有魅力。

唐山大地震中，我家房倒屋塌，墙也垮了，壁画被压在一堆巨大的木垛下。令我惊喜的是，虽然玻璃破碎，壁画有一些断裂，却没有压散！这可是一块近千年的粉墙的墙皮啊！如果压碎，无法复原。我小心翼翼地把它从废墟中"请"了出来，再找一位心灵手巧的友人协助，将它拼接修复。友人说，左上方缺了一小块，画面有断痕，需要修补吗？我说不需要，历史的事物最好保留下它历史的过程。

一日早起，神清目朗，心中明亮，绝无一丝冗杂，惟有晨光中小鸟的影子在桌案上轻灵而无声地跳动，于是生出画画的心情。这便将案头的青花笔洗换上清水，取两只宋人白釉小盏，每盏放入姜思序堂特制的轻胶色料十余片，一为花青，一为赭石，使温水浸泡；色沉水底，渐显色泽。跟着，铺展六尺白宣于画案上，以两段实心古竹为镇尺，压住两端。纸是老纸，细润如绸，白晃晃如蒙罩一片月光，只待我来纵情挥洒。

此刻，一边开砚磨墨，一边放一支老柴的钢琴曲。不觉之间，墨的幽香便与略带伤感的乐声融为一体。牵我情思，迷我心魂。恍恍惚惚，一座大山横在面前。这山极是雄美，却又令人绝望。它峰高千丈，不见其顶，巅头全都插入云端。而山体皆陡壁，直上直下，石面光滑，寸草不生，这样的大山谁能登临？连苍鹰也无法飞越！可它不正是我执意要攀登的那种高山吗？

这时，我忽然看见极高极高的绝壁上，竟有一株松树。因远而小，小却精神。躯干挺直，有如钢枪铁杵，钉在坚石之上；枝叶横伸，宛似张臂开怀，立于烟云之中。这兀自一株孤松，怎么能在如此绝境中安身立命，又这般从容？这绝壁上的孤松不是在傲视我、挑战我、呼唤我吗？

不觉间，画兴如风而至，散锋大笔，连墨带水，夹裹着花青赭石，一并奔突纸上。立扫数笔，万山峥嵘；横抹一片，云烟弥漫。行笔用墨之时，将心中对大山的崇仰与敬畏全都倾注其中。没有着意的刻画与经营，也没有片刻的迟疑与停顿，只有抖动笔杆碰撞笔洗与色盏的叮叮当当之声。这是画人独有的音乐。随同这音乐不期而至的是神来之笔和满纸的灵气。待到大山写成，便在危崖绝壁处，以狼毫焦墨去画一株松树——这正是动笔之前的幻境中出现的那棵孤松。于是，将无尽的苍劲意味运至笔端，以抒写其孤傲不群之态，张扬其大勇和无畏之姿。画完搁笔一看，哪有什么松树，分明一个人站在半山之上，头顶云雾，下临深谷。于是我满

1979年在"三作家书画展"上

心涌动的豪气，俱在画中了。这样的作画不比写一篇文章更加痛快淋漓？

有人问我，为什么有时会停了写作的笔，画起画来，是消遣吗？休闲吗？自娱吗？

我笑而不答，然我心自知。

画外话

我有一种文章是在画室完成的，这种文章名为"画外话"。

这是一段或一篇与一幅画相关的文字。这些文字的内容通常在画中看不见。比如一幅画缘自何来，它非同寻常的创作过程，自我的感知，或是寄寓其间的种种艺术思考。

然而，作品是艺术的结果，是独立存在的，它排斥任何"体外"的内容。可是，如果画家有话要说，或者读者想知道，怎么办？

古人有办法，便是采用文字题跋，直接地把这些想说的话写到画面上。为了使题跋的文字不破坏画面，聪明的古人同时运用了两种艺术手段：一是把这些文字"诗化"，变成诗词或美文，读来情景交融，与画相生；二是用书法来作题跋，书画同源，书画一体。这样就把诗、书、画三种艺术结合为一个整体，谐调、互补、优美又有形式感，这就给画面增添了一种富于东方特征和书卷气息的审美魅力。

这是古人的办法，今天呢？

九十年代初，人文社散文编辑室的老编辑刘会军与我聊到这个话题时，冒出了一个想法：请一些喜好写作的画家写一写这样的文字，出一种书；一画一文，以文谈画，文字可长可短，少则数百，多则上千；散文随笔，悉听尊便。最初约到的画家有吴冠中、范曾、张仃等。这套书出版时，冠名"画外话"，这便是"画外话"的由来。

我和人文社编辑的立场略有不同。我希望画家通过这样的写作，道出自己一些不为人知的对生活与艺术的思考，人文社的编辑则是想借以开拓散文写作的疆域。

而我个人在"画外话"的写作中，获得的却是一片全然一新的精神天地，以及描述这天地里种种感知与思考的快乐，用文字挖掘自己绘画的快乐。这种写作的快乐与意义无可替代。比如《每过此径不忍踩》，我为什么要用"每过此径不忍踩"做话题？我写了下边一段"画外"的文字：

我早就知道加拿大以红叶名闻天下，并以这艳丽如火的红叶自豪，但他们对红叶那种真切的热爱却只有亲眼看见才知道。

那天在多伦多的街上走。街很静，一边高高的枫树已经红透了，好像竖着一面红色大墙。我忽然看到前面一个女人走路的姿态有点特别。她的两条腿时而扭来扭去，时而交叉着往前迈步，时而蹦一下。好像她踏着水中的石块向前行走。我认真再看，明白了，当然也惊呆了——

原来这条街的地面落了许多红叶。这些红叶，片片都像一朵姿态优美的花，并且像给谁错落有致并精心地摆在地面上一样。这女人怕把这些红叶踩坏，便躲着红叶走路。她这行为令人惊奇，感动。原来红叶在加拿大人的眼里不是自然物，而是一种美好的生命。当你把周围的一切都看作有生命的，这世界便百倍千倍地可爱。忽然我想，我们也把大千世界的一草一木都看作宝贵而应当珍惜的生命吗？

这是可有可无的文字吗？

《每过此径不忍踩》 68×68 cm 1990

在"画外话"中，都是这样必不可少的文字，或是情之所至的文字。

因此，在《画外话·冯骥才卷》出版之后，这种一画一文的写作方式，多年来仍旧一直断断续续地伴随着我。它成了我的一种文体，也是我一些画的"另一半"。

记得二十世纪末的一天，忽有莫名之豪情骤至，画兴随之勃发，展纸于案，但觉纸短，便扯过一幅八尺素白宣纸换上。伸手从笔筒中取一支长管大笔，此刻心中虽无任何形象，激荡情绪已到笔端，笔头随即强烈抖颤起来。转手一捅砚心，墨滴四溅，点点落到皎白纸面也全然不顾。然手中之笔已不听任于手，惊鸟一般陡地跳入水盂，一汪清水便被这墨笔扰得如乌云般翻滚涌动。眼前纸面，恍若疾风吹过，云皆横态，大江奔去，浪作斜姿，奔泻的笔墨随同这幻象一同呈现。

水墨大笔在纸的上端横向挥洒，即刻一片洪流潆然展开，看似万骏狂驰，瞬息而至。不待思索如何谋篇布局，笔管自动立起，向下劲扫数笔，顿时万马落崖，江河倒挂，水气冲来，不觉倒退几步，更有一阵冷雨扑面，不知是挥舞的水墨飞溅，还是一种逼真的幻觉所致。大水随笔倾下，长流百尺，一泻到底，极是畅快，心中块垒也被浇得净尽。水落深谷，腾龙跃蛟，崩云卷雪，耳边已响起一阵如雷般的轰鸣。继而，换一支羊毫大笔，饱蘸清水淡墨，亦我绵绵情意，化浪花为湿雾，化浓霭为轻烟，默然飞动，舒漫流散。更有云烟飞升，萦绕于危崖绝巘之间，望去如薄纱遮翳，似明似灭，或有或无，渺迷幽复，无上高远复深远也。此皆运笔之虚实轻重使然。笔欲住而水不止，烟欲遁而雾不绝。水过重谷，乱石相截。然非此不能表现水的浩荡、顽强与百折不回的勇气。因之，阔笔写一横滩，水则涌而漫过；浓墨泼一立石，水则砰然拍去，激出巨浪，笔甩墨飞，冷气夹带水珠，弹向天空。岩石夹峙，水流倍猛，四处疾射，奔流前行。一路遇阻而过，逢截必越，腕间似有不挡之势。画笔受激情鼓荡，撞得水盂砚池叮当作响。此亦画之音乐也。直画得荡气回肠，大气磅礴。只见水出谷底，汇成巨流，汩汩而去。不觉挥腕一扫，掷笔画成。

于是，悬画于壁，静心望去，原来竟是一大幅飞瀑图。奇怪！作画之前，并未有此图之想，缘何成此画图？一般所谓作画"胸有成竹"在"胸无成竹"之上，错矣！殊不知，"胸无成竹"才是最高的作画境界。此便是先有内心的情氛与实感，不过借笔墨一时成像罢了。

那时候，身在世纪之交，感受极其异常。这世纪未已，新世

《画飞瀑记》 89×89 cm 1991

纪迫近，思前顾后，感慨万端。然而，心所往，皆宏想。由是黄钟大吕，时亦鸣响心中。这便是如上豪情时有骤至之故。图画已成，意犹未尽，遂取一支长锋狼毫笔，题数字于画上，乃是这样一句：

万里泻入心怀间。

画枝条说 ——画外话

是日，做纯理性思考。思考乃一奇妙的境界。各种思维线索，有如大地江河，往来奔突，纵横交错，看上去如同乱网，实则源流有序，泾渭分明。于是一时思得心头大畅，抬手由笔筒取长锋羊毫一支，正巧砚池有墨，案桌有纸，遂将笔锋饱浸墨汁。笔随手，手随心，心无所想，更无形象，落纸却长长抒展出一根枝条来。这好似春风吹树，生机勃发，转瞬就又软又韧伸出这好长好鲜的一条呵。

一枝既出，复一枝顺势而来。由何而来，我且不管。反正腕下如行云流水，漫泻轻扬，无所阻碍。枝枝不绝，铺向满纸。不知不觉间，已浸入并尽享一种自我的丰富之中了。

然而行笔之间，渐渐有种异样的感觉。这一条条运行在纸上的墨线，多么像刚才那思维的轨迹！

有时，一条线飘逸流泻，空游无依，自由自在，真好比一种神思在随意发挥；有时，笔生艰涩，腕中较劲，线条顿挫有力，蹿枝拔节，酷似思维的层层深入；有时，笔锋疾转，陡生意外，莫不是心中腾起新的灵感？于是，真如树分两枝，一条线化成两条线，各自扬长而去，纸上的境界为之一变。

这枝条居然都成了我思维的显影。

一大片修长的枝条好似向阳生长，朝着斜上方拥去；那里却有几条劲枝逆向而下，带着一股生气与锐意，把这片丰繁而弥漫的枝丫席卷回来。思维的世界本无定势，就看哪股力量更具生命的本质。往往一枝夺目出现，顿时满树没入迷茫。而常常又在一团参差交错、乱无头绪的枝丫中，会发现一个空洞似的空间，从中隐隐透着蒙蒙的微明。这可不是一处空白，仔细看去，那里边已经有了淡淡的优雅的一枝，它多么像一声清明又鲜活的召唤！

我明白了，原来这满纸枝条，本来就是我此刻思维的图像。我第一次看见了自己的理性世界。在这往复穿插、层层叠叠的立体空间里，无数优美的思维轨迹，无数勇气的涉入与艰涩的进取，无数灵性的神来之笔，无数深邃幽远的间隙，无比的丰富、神奇、迷人！这原来都是我们的思维创造的。理性世界原来并不完全是逻辑的、界定的、归纳的、简化的，它原来比生命天地更充溢着强者的对抗、新旧的更替、生动的兴衰与枯荣，它还比感情世界更加变化无穷、流动不已、灿烂多姿和充满了创造。

《画枝条说》　89×96 cm　1991

　　我停住笔，惊讶于自己画了这样一幅没有感
情色彩却使自己深深感动的画。原来人类的理性思
考才是一个至美的境界。此外，大千万象、人间万
物，谁能比之？

凌晨时分被一种莫名的不安扰醒，这不安可不是什么焦虑与担心，而是有种兴致在暗暗鼓动，缘何有此兴奋我并不知道。随后想到今天是元月元日。这一日像时间的领头羊，带着一大群时光充裕的日子找我来了。

妻子还在睡觉，房间光线不明。我披衣去到书房。平日随手堆满了书房的纸页和图书在迷离的晨色里充满了温暖和诗意。这里是我安顿灵魂的地方。我的巢不是用树枝搭起来而是用写满了字的纸和书码起来的。我从中抽出一页素纸，要为今天写些什么。待拿起笔，坐了良久，心中却一片茫然。一时人像浮在无际无涯的半空中，飘飘忽忽，空空荡荡。我便放下笔，知道此时我虽有情绪，却无灵感。

写作是靠灵感启动的。那么灵感是什么？它在哪里？它怎么到来？不知道。似乎它想来就来，不

灵感忽至
——画外话

请自来，但有时求也不来，甚至很久也不露一面，好似远在天外，冷漠又悭吝。没有灵感的艺术家心如荒漠，几近呆滞。我起身打开音乐。我从不在没有心灵欲望时还赖在桌前。如果毫无灵感地坐在这里，会渐渐感觉自己江郎才尽，那就太可怕了。

音响里散放出的歌是前几年从俄罗斯带回来的，一位当下正红的女歌手的作品集。俄罗斯最时尚的歌曲骨子里也还是他们固有的气质，浑厚而忧伤。忧伤的音乐最容易进入心底，撩动起过往的岁月积存在那里抹不去的情感。很快，我就陷入这种情绪里。这时，忽见画案那边有一块金黄色的光。它很小，静谧、神秘；它是初升的太阳照在对面大楼的玻璃幕墙反射下来，落在画案那边什么地方。此刻书房内的夜色还未褪尽，在灰蒙蒙、晦暗的氤氲里，这块光像一扇远远亮着灯的小窗。也许受到那忧伤歌声的感染，这块光使我想起四十年间蛰居市廛中的那间小屋，还有炒锅里的菜叶、破烂的家什、混合在寒冷空气中烧煤的气味、妻子无奈的眼神……然而在那冰天雪地的时代，惟有家里的灯光才是最温暖的。于是此刻这块小小的光亮变得温情了。我不禁走到画案前铺上宣纸，拿起颤动的笔蘸着黄色和一点点朱红，将这扇明亮的小窗子抹在纸上。随即是那扰着风雪的低矮的小屋。一大片被冷风摇曳着的老槐树在屋顶上空横斜万状，说不清那些苍劲的枝丫是在抗争还是兀自地挣扎。在通幅重重叠叠黑影的对比下，我这亮灯的小屋反倒显得更加温馨与安全。我说过，家是世界上最不必设防的地方。

记得有一年，特大的雪下了一夜，我的矮屋门槛太低，早晨推不开门，门外挡着的积雪足足有两尺厚。我从这小窗户跳出去，用木板推开门外的雪才把门打开。当时我们从家里走出，站在清冽的冻耳朵的空气里，多么像雪后从洞里钻出来的野兔……于是我把矮屋前大块没有落墨的纸当作白雪。我用淡淡的水墨渲染地上厚厚而柔软的白雪时，还得记起那时常有的一种盼望——有朋友来串门和敲门。支撑我们走过困境与苦难的不是人间种种情与义吗？我便用笔在雪地上点出一串深深的脚窝渐渐通进我的小屋。这小屋的灯光顿时更亮，黄色的光影还透射到窗外的雪地上。

没想到，就这样一幅画出来了。温情又伤感，孤寂又温馨。画中的一切都是我心底的景象。我写过这样一句话："人为了看见自己的内心才画画。"而心中的画多半是它们自己冒出来的。这是一种长久的日积月累，等待着有朝一日的升华；就像冬日大地上的万物，等待着春风吹来，一切复活；又如高高一堆干枝干柴，等待着一个飞来的火种，这意外出现的火种就是灵感。

灵感带来突然之间的发现、突破、超越与升腾。它是上天的赐予，是上天对艺术家的心灵之吻，是一切生命创造的发端与启动。那么我们只有束手等待它吗？当然不是。正如无上的爱总是属于对它苦苦追求者的。在你找它时，它一定也在找你。当然它不一定在你规定的时间和地点到来。就像我在书房原本是想写点什么，灵感没有来，可是谁料它竟然化作一块灵性的光降临到我的画案上？它没有进入我的钢笔，却钻进我的毛笔。

记得前些年访问挪威时，中国作协请我写一幅字赠送给挪威作家协会。我只写了两个字：笔顺。挪威的作家朋友不明其意，我解释道："这是中国古代文人间相互的祝词。笔顺就是写作思路顺畅、没有障碍

《思绪如烟》 44×52 cm 2009

的意思。"对方想了想，点点头，似乎还没弄明白我写这两个字的含义。中国的文字和文化真是很深，对外交流时首先要把自己解释明白。我又换了一种说法解释道："就是祝你们写作时常常有灵感。"他听了马上咧开嘴，很高兴地谢谢我，也祝我常有灵感。看来灵感对于全球的艺术家都是"救世主"了。

新年初至，灵感即降临我的书房画室，这于我可是个好兆头。当然我明白，只要我守住自己的信仰与追求及其所爱，灵感会不时来吻一吻我的脑门。

树后边是太阳
——画外话

　　如果是思想的苦闷，我会写作；如果是心灵或情感的苦闷，我常常会拿起画笔来。我的画，比如《树后边是太阳》《春天不遥远》《穿过云层》等，都是在这种心境中画出来的。然而此刻我不一定去表达内心的苦楚，反而会凭借内心涌起的一种渴望，唤起自己某种力量，去抵抗逆境——这也是我性格中的一部分。因此，这幅画最能体现我此种内心情感，它开阔、豁达、通透万里。我也不知道当时为什么用大面积的白纸来作为一片覆满白雪的高原，我顺手就在这白雪上画出极长极长的树影来表现远处林间透来的阳光；我更得意于我所表现出来的冬天树林所特有的那种凛冽、清新、使人精神为之一振的空气感。我已经弄不清这到底是我当时着意追求的，还是一任心情之使然？反正，我以为绘画首先是为了满足自己，然后再去打动别人，取得别人的同感和共鸣。当然，你所获得的同感，又取决于你对内心所表达的真切程度。

在国内外的各种画展上，几次有人提出想收藏我这幅画，我都是摇摇头，笑笑，没有回答，心里却想："这绝不只是我的一幅绘画作品，它是这人生经历中的一个重要环节。它对我的重要，在于它会提醒我——在苦闷中、困惑中、逆境中，千万不要忘记从自己身上提取力量。所谓强者，就是从自己的精神中去调动强有力的东西。"

每个人身上都有强者因素，弱者的错误是放弃了它。

关于性格和命运的关系，那便是：自己可以成全自己，也可以毁掉自己。

《树后边是太阳》 68×104 cm 1991

纸镇

书桌和画案上，少不得压纸用的镇纸，也叫纸镇。

书桌上的纸镇小，画案上的纸镇大。

纸镇有两种。一种用于写字画画时压住纸角或纸边，形状如尺，因称镇尺。镇尺成对，一对一副。多用较重的材料如石、玉、木、铜制成。尺面雕刻花纹、云龙、花鸟、山水或古今名句，也有光滑的素面。我用惯了镇尺，即使用钢笔写稿，也用镇尺压着纸角。所以平时书桌上总有两三镇尺。

我画案上的镇尺大，我喜欢又长又大的镇尺，写字画画时，先把镇尺放在纸中间，然后用力向上推，纸面立即变得分外平整，笔墨落上去很舒服。我用的大镇尺都是请朋友制作的。其中一副花梨木，一副长江阴沉木，用得分外得劲又顺手。一次友人送我两根石化木，一尺半长，手腕粗，上有树结和断枝，看上去如同两段树木的枝干，动手一拿却沉重如铁，真奇物也。友人说：你可用它做镇尺，画大画时用。这想法很好，可惜太重，不好挪动，便放在案边，拿它去压一摞摞厚厚的纸。

在画案上还有一种专门压纸用的纸镇，也叫席镇。古代席地而坐，坐席的四角常常翘起，用它来压坐席的。席镇多为石雕，也有陶土烧制，形象驳杂，上涂釉彩。到后来人们不再席地而坐，就用它压炕席，并演化为文人书斋中压纸的纸镇。

文人的纸镇好用古物，多是神兽与异器，含压邪或祥瑞之意，在书斋中除去镇纸之外，立于案头，还有一种美和历史的气息。我喜欢古老的席镇，上至宋元，下至民国，不同时代，不同风韵，皆我所爱。其中一个最受我追捧者，乃是明代晋中的遗物。在一块万字图案的青石板正中，趴着一只三足金蟾，神态静穆。三足金蟾来自刘海戏金蟾的传说，象征祥瑞。它的重量刚好用来压住一摞笺纸，能把笺纸压得平整好用。

此席镇为青石，色泽黑中含青，质地坚实细腻，雕工古朴大气，包浆光润可人。晋人善石雕泥塑，想象丰富，图样纷繁，每有精品，都是珍品。特别是明清以来晋中大户颇多，由于财富支撑，一些民间佳作堪比皇家。

笔墨相赠是文人间的交往。此间没有应酬，更无勉强，皆一时的性情或兴致使然。一次，美林赠我两张小画，一牛一马，都是用粗头的马克笔画在一种仿旧的宣纸上。纸颇奇特，是一种仿古纸，颜色一如唐宋书画中常见的那种赤黄的老绢或老纸，上边布满斑驳的旧痕。美林画"马克笔画"拿手，用笔简括至极，雄劲老到，活力四射，独往开来，具有开天地的意味。这马这牛画得分外好，是精品。我笑道："再有些题跋和图章就是唐人或宋人的画了。"

他说："你再去随笔题吧。"

我遂题了。在《马》上题曰：

画动物者因何都是韩家人？韩干画马，韩滉画牛，画牛马者韩美林也。莫非前世都是当牛做马？你问我，我不知，还是要问美林。丁酉秋至。骥才。

一日，兴趣忽至，复又题：

　　我身上有四马，姓中二马，名是一
马，又属马，驷马难追是也。

在另一幅《牛》上题曰：

　　美林画牛有唐人雄风，健硕威武，不
输韩滉。用笔极简，须臾即成。此时年已

八旬，尚具这般沛然豪气，亦奇迹也。丁酉夏日。沽上心居主人冯骥才。

后再题曰：

牛有犟劲，狮虎无此性情也。

美林的画太具个性，牛性强犟，马性奔放，韩美林天性奔放又强犟，故其最爱画牛马是也。

再一次，我去看他，他拿出两个装裱成同样的手卷，写的是狂草书法，从头到尾排山倒海，激情奔泻。他说这手卷要请我题跋，两卷同样内容，然后他一卷，我一卷。我拿回画室，放在画案上打开，一股雄风扑面而来，他的书法燃起我的诗情，随即题曰：

　　书史不留鹦鹉客，只记开天辟地人，张颠素狂群英去，谁能挥毫扫千军？醉墨醒笔由心性，呼风唤雨自为神。翰墨一卷随手展，千里云涌伴龙吟。观美林狂草歌。骥才。

　　题罢钤印，将两卷都拿给美林。他留下一卷，这一卷给我存藏与把玩。

由2005年，我画室迎面墙壁上挂起来一幅超长的横幅巨制，这便是宋雨桂的《思骥图》。

那时，我学院刚刚建成，一些画友以画相庆。韩美林、尼玛泽仁送给我的画都是奔马，既是祝贺，也是希望我马不停蹄，奋蹄前进。如今，他们笔下的骏马仍在我学院的大墙上奔驰，一如我在学院工作时的样子。

雨桂的《思骥图》则挂在家中。因为这马是他思念中的我、心中的我，还有私人化的我们，更宜挂在更私密一点的地方。那就挂在画室里。

雨桂与我交情笃深。我俩结识于政协文艺组，每年注定要有十余天在一起。我们在绘画上有太多共同的语言，便能跨越性格上的迥异，甚至喜欢对方。我虽大大咧咧，但有江浙血缘赋予我细心柔和的一面。雨桂却是单一的东北人的粗犷、豪爽和意气用事，他的画也是一任性情，这便成就了他豪迈雄劲、浑厚苍茫的北方山水。我在认识他之前，已经喜欢上他的画，欣赏他对大自然的悟性与艺术的灵气。他是当代画坛上少有的——既能打进传统，又能走出传统、独树一帜的山水大家。

每逢开会，他都会带来一箱纸笔墨砚，拿出来摆满住房的桌上柜上。酒店住房的书桌成了他的画案，桌子不够大就在床上铺一块毛毡。天天晚上他都会拉我去画画。一些朋友常聚在他屋里说说笑笑。谁向他求画都不会被拒绝。在这个商品社会里，我喜欢这样的艺术观和价值观。

我们都爱用一种日本的卡纸作画，这种纸画完不用再裱。我们一起画，然后在卡纸的背面随笔写些玩笑话，发挥一时的情致。现在我还保存着几张这样的卡纸画，记忆着当时作画时无拘无束快乐的氛围。

宋雨桂很少开个人画展。我想让更多的人认识雨桂，就在我学院的"北洋美术馆"给他办一个画展。他取名叫作"宋雨桂访友画展"。韩美林给他题写画展的横标，我为他筹办一切，亲自给他布展，写前言，写新闻通稿，主持他的电视绘画演示和观众见面会，邀请我们共同的好友参加开幕式。记得他画展展出的半个月，每天观众都在四千人以上。我为他高兴。

他是我的好友，不需要他言谢，他也不会那些世俗的虚套子。

画家用他的画来表达情意，一如这《思骥图》。可是有时候画中的含意是要渐渐读懂的。

画中一马，立在大江边。岸上浩荡的芦苇在狂风中翻腾起伏，马鬃马尾一同飞扬，但它面对着江上滔天的大浪，不为所动。

我喜欢他画的江河湖海。他画水时，只画水，此外不用其他任何东西帮衬。可是只用波浪翻滚的水来结构一幅画极难，画史上只有宋代的马远这样画过，比如手卷《水图》，共十段，但每段都只是咫尺小图，雨桂却是宏幅巨制，有时丈二纸，波浪千变万化，用笔千变万化，它是怎样结构起来的？

雨桂还创造出一种设色，即将水彩画的翠绿色融合到水墨里。传统的国画山水多用"浅绛"，即将花青和赭石融合水墨。花青加墨，古称螺青；赭石加墨，古称赭墨。浅绛色彩幽雅、沉静，但缺乏活力。墨是透明的，翠绿色的透明度也很高，将翠绿融入水

墨，会使墨色明快又鲜亮，大自然的活力得到彰显。
当然，雨桂对当代绘画的贡献远非止此。

乙酉年（2005）雨桂创作这幅《思骥图》时，正
是他绘画进入鼎盛的时代。

此间，我投身文化遗产抢救正是困难重重，焦
灼而艰难。没人支持，求助无援，只有卖画自救。雨
桂知道我的想法与困境。别看他平时对我做的事好似

《思骥图》局部

不闻不问，但在这幅画中，他让我（马）面对滔天洪流，迎风而立，兀自彷徨。画面有种悲壮和苍凉，叫我分外感动。他对我的理解与怜惜，不是一种不言的情意吗？

没必要再去解读了。画意要默默地去体会。有深意的画应该长久地挂在墙上，况且雨桂已去，他这画留给我慢慢用心去读。

一朵梅

王成喜擅画梅，知名于世。古人画梅多画折枝，成喜画梅爱画梅树。他所画的梅树粗大雄壮，枝丫苍劲有力，繁花似锦，鲜红的花瓣娇艳丰盈。这样的洋溢着喜气与生气的画面为时代所需，故也为世所推崇。

成喜性情憨厚谦和，一次对我说："我想送你一幅梅花，你要什么样的，横幅竖幅？"

我说："你太忙，不敢劳你大驾，如果你真心给我画，就画一朵吧。"

"一朵？"成喜有点奇怪，他以为我开玩笑。他知道我爱开玩笑。

我说："就要一朵。古往今来没人只画一朵梅，我请你画，是想看看你怎么画。"

成喜带着犯难的表情走了。

一次见面，成喜递给我一个厚厚的信封，里边三幅小画，都是梅花，他真认真，真的给我画了。

但是他说："一朵梅真不好画，孤零零，没有呼应，没有搭配，也不好看。我试画了两三幅，都是先画了一朵，后来觉得不舒服，还是得再补上几朵帮衬一下。"

打开看，果然都是几朵梅，都是折枝图。

"不行，我只要一朵。"我笑着说，"我非刁难你一次不可。"

我把这个难题压在他身上，我执意要看看这位梅花大家怎么办，怎么画。

终于在一次见面时他把这"一朵梅"给了我。

我打开画看，他盯着我的表情。这幅画从上端倒挂一枝下来。枝干用粗毫干墨连皴带勾而成，颇见老辣；再看枝上的梅花，还是他惯常的点染的红梅吗？不是！他改用单线勾勒素梅，用笔简括，花朵饱满，素白无色。但他上上下下勾了数朵，仍旧不是一朵。我刚要坚持只要"一朵梅"时，但见最下端翘起的枝头上，他用红色——西洋红里加上大红，将一朵素梅染成红色，登时鲜亮夺目。这正是我要的一朵梅！

他画得挺绝！既满足了我，又符合了绘画结构上相互呼应和彼此衬托的原理。

我禁不住叫道："你这么画，可第一次见，别人从来没有这么画过。妙品、奇品、神品！"

成喜脸上露出少见的得意，只说："别人也没被逼着只画一朵梅呀。"

事后，我愈看这幅画愈好愈妙，遂题曰：

　　君擅作梅树，千花万花美。

　　我偏索一朵，看君何以对？

　　枝身形似舞，花面红如醉。

　　笔少意无穷，物独自珍贵。

启功作梅樹千花萬花
羡我偏素一朵
眉唐何以對枝身影似
舞花面紅如醉筆多意
堂室物獨自珍貴
戊喜庵梅歌 飄干

范曾题赠《白马图》

范曾初到南开大学任教时，做客我家。话中自然说到他的画。他说："我的画从不送人。"

我知道，向他求画的人一定很多。我与他初识，他用这话设一道防线，怕我开口向他索画。

我听罢笑道："我屋里向来不挂别人的画，只挂自己的画。"

这话为了叫他心安。

随后两人相视一笑，过去了。但说话要守信，此后多年虽然与他往来不少，却从未向他要过画。可是，一次母亲说，她喜欢范曾的字。为了使母亲高兴，硬着头皮对他说了，谁知几天后便给我一个纸卷，打开一看，非但是字，还是一幅精心的画。画的是陶渊明《归去来兮辞》，上边写了一段题跋：

或有事于西畴，丁卯岁阑，骥才兄嘱

为太夫人长复女士写。骥才天下名士，孝
萱如此，深可感也。抱冲斋主十翼范曾。

我把画给了母亲，谢了他。由此事体会到他对
我的情意。情意是会记在心里的。

再一次是1990年（庚午），我生日那天，关牧
村来看我，手里拿着一卷纸，笑嘻嘻地说："我从
范先生那里来，他听说今天是你生日，当即给你画
了一幅，叫我带给你。"

打开看，一匹矫健的白马迎面跑来，这马显
然就是我，我属马，在生日这天属相有分外的标志
性。这马画得神明目朗，情绪高亢，腾身奔驰，蹄
声嘹亮，这样的神情分明是对我的一种祝愿。画上
边还是一段长题，所写的是他的《美酒吟》：

情也浓，酒也浓，芭蕉绿了樱桃红，
岁月太匆匆。酒一觥，又一觥，千秋胜负
为谁雄，照胆看雕弓。春来风，秋来风，
酒酣扬意跨神骢，诗思寄苍穹。

下边落款是：

　　骥才兄四十八岁初度日，题美酒吟三
章以贺。庚午范曾。

　　那时我们都不到五十岁，风华正茂，相互勉励
也都分外带劲。

　　这画便挂在我的墙上，大约挂了一年，过后
卷起来存好，他的情意也一同存起。直到他七十岁
那年，我把一首亦庄亦谐的诗写在一帧精致的卡纸
上，回赠给他。诗曰：

　　当今七十正顽童，且把墨池做酒盅。
天地为纸人为笔，随心所欲范曾兄。

友人留墨

我作画纯属个人事，画室鲜有人来写写画画，故少有人留下墨迹。

一次例外，是两位远方朋友。一位是台湾的诗人、画家、学者楚戈，一位是韩国诗人许世旭。1985年我与张贤亮参加聂华苓在美国中部爱荷华举办的"国际写作计划"时，与他们结识。

聂华苓在爱荷华城外半山上有个充满田园风味、诗情画意的小木楼。二楼客厅外有一个很宽敞的露台，站在那里，视野开阔，隔过层层林木可以看远处爱荷华河蔚蓝色沉默的远影。露台上摆着一些宽大的木桌椅，坐在那里聊天舒服又惬意。在这里，聂华苓把楚戈和许世旭介绍给我们。那天海阔天空，聊得尽兴，并由此识得这二位诗人。许世旭不仅长相与中国人没有两样，他用中文写的诗也称得上一流。至于楚戈——我喜欢这个人自由自在、很放松的样子。他就职于台北"故宫博物院"，是一位研究古代铜器的专家。他送我一本方形的图书，很特别，有诗有画，书名《散步的山峦》，幽雅又悠闲。诗是白话体，自由、真率、放弛，追求意境。书上这些诗印的都是毛笔字体，自己写的，画也是他画的，明显一册文人的诗书画，略略一翻，即感受到他的才气。可惜只见了这一面，未及深交——那时台海还没沟通，见面颇不易。

十年之后，谁料他们会来访我。许世旭胖了些，楚戈瘦了，但都还是挺精神。大家聊了一阵，挺高兴，楚戈一时性情所至，要为我留下点笔墨。我为他收拾了画案，拿出一小张温州皮纸。

他只要墨汁和一点胭脂、洋红。笔一落纸，高兴地说："这纸不错，洇得有味。"

几笔浓墨横斜错落，展现出苍拙有力的枝丫，跟着换一支羊毫笔，蘸上清水与洋红，亦深亦浅，画出枝上盛开的桃花。他画桃花，不用传统点染的技法，而是随手勾画，好像不停地画圈儿，不似花瓣，胜似花瓣，须臾间老干新花无限繁盛地呈现眼前。我从来没见别人这么画桃花，又传统，又现代，又洗练，又丰盈。随后，他题写了一句诗：我

是北地忍不住的春天。

　　这句诗题上后，立刻深化了画境。这是真正的文人画。

　　他手里拿着笔，对我说："这句诗是郑愁予的。"

　　"这句诗放在这里再好不过。"我接着说，"我熟悉郑愁予。我和张贤亮去耶鲁演讲，他一直陪着我们。他老家是天津宁河。前几年，他来天津，去宁河寻根，我陪他去的。"

　　"那这幅画就是我们一起送你的了。"楚戈笑道。

　　数年后，电影导演李行约我访问台北时，我想去拜访楚戈，李行导演说他病了，病得很重。后来，从新闻里知道他撑不住病，走了。

　　这幅画却一直挂在我画室外的廊子上。我喜欢这画和画中的诗，还有被当代文人承续的文人画的意蕴与神髓。

大树画馆是我绘画的工作室。

最初地点在小白楼地区，原美租界的开封道上。十九世纪末，美国人在英租界南端设立了租界，可是当时他们正忙于自家的南北战争，没有着手管辖，便交给英国人代管。英国人只是代管，也不真管，这地方就成了一个气氛松弛的三不管区域。很多小商贩在这里开店，所卖的东西都是舶来的、新奇的、带着异国风情的小商品。一些犹太人和十月革命时期跑到中国来的白俄也来这里居住。

一排守在街口的别墅式尖顶小楼的山墙上，用水泥塑出它建造的年号：1904。

画馆在这小街西端44号的阿尔金大楼内。临街一个大门洞，里边闹中取静，三面三层的公寓房围合着一个长圆形的花坛，几棵老树横斜，浓荫匝地。在四十年代，这里住着不少犹太人，花坛里种满郁金香，一些人家的窗子里透出钢琴声。现在，

大树画馆

时过境迁，建筑破败，花园荒芜，但一种历史的气息依旧默默地停留在这里，宁静而深郁。

我选中这个地方，一是因为我喜欢历史空间，一是因为这种英式的公寓房顶高、走廊宽、房间开阔，每个单元都有一个暗门通向一条逃生通道。

九十年代，我在一系列海内外的个人画展之后，就建立起这个独立的工作室，作为可书可画、以文会友的地方。我给这地方取名"大树画馆"。这"大树"二字，取典于我冯家先祖、汉代的将军冯异，为国建功却不求封赏，每逢诸将论功，辄必避于大树之下，因被军中尊称"大树将军"。由于景仰先祖"为国不为己"的高风亮节，故以"大树"为名。

那时，冰心仍在。由于敬慕她，请她题了"大树画馆"。那年她九十四岁，人已高龄，风骨依然。手有微颤，却更苍劲。

在画馆建立的最初几年，常与书画好友畅聚于此，谈书论画，好不快活。有了这大画室，还可以作一些大画。《柔情》和《灿烂》等一些大幅，即绘于此。

可是，没有多久我投入天津老城保护行动。由于事起仓促和紧迫，要对即将拆除的老城做全面的抢救性记录，大量的组织与联络工作就全放在画馆进行。天天进进出出这里的人不再是文人墨客，而是文化保护的志愿者。而且我一旦纵入这条时代的江河，便逐浪前行，不得喘息，进而是估衣街保护和全国性千头万绪的民间文化遗产抢救了。

画馆成了我做文化抢救的工作站。

2005年，天津大学冯骥才文学艺术研究院建成，大树画馆迁到学院，我的文化遗产抢救和保护工作便融入了学院的教研工作中。原画馆中绘画与文学的展示，在挪到学院后设立了专馆，并沿用"大树画馆"之名，以保存自己的文脉以及宗旨。

画馆内景

康熙老纸画神鞭

一度老纸为我所爱，这陡增了我画室之所藏。每每得到古纸、名纸、私家纸、御用纸，绝不敢"佛头着粪"，也不舍得用，而是倍加珍惜地放好存好。

老纸比新纸，不仅名贵，更是好用。岁久年长的空气入侵，对于纸是一种滋润，一种无形的岁月加工。老纸自然就没有新纸的火气，对笔墨的反应是温和的；新纸上的笔墨往往浮在表面，老纸上的笔墨常常融合其中。

过去买来新纸，常常会放在屋角潮湿处，过很长时间，再挂在绳子上过一过风，谓之"风矾"。风矾过的纸，有些半生半熟，原理上与老纸一样好使。

朋友们知道我不舍得用古纸，便为我找一些旧纸，或一本老书的衬纸、素白页、账册等等，送给我过过瘾。但是这些鸡头凤尾难成作品，只能随意画几笔竹石或写一首短诗。

一日，一位朋友手拿一纸卷，笑嘻嘻来串门。他把这卷纸在我画案上铺开，边说："这是张老纸，送给你，拿它画吧。"

他打开的纸，浅白、温润，细腻如绸，用手轻抚，如触水面。如此美妙又大气的感觉，竟是一张素白白纸？

我说："这绝不是一般的纸，我可不敢下笔！"

友人笑道："这纸不错，算不上名纸。况且不是整张，只有大半张。你不下笔，怎知好坏？画吧。"

我心动了，问他画什么。友人说："画你的《神鞭》吧！"

那时《神鞭》出版不久，改编了电影，又小说连播，正热闹。

我画山水，很少画人物。经他一说，恍惚之间眼前出现一个壮大汉子，正是挨了洋人打的傻二，怒火中烧，扭身甩头，呼地挥来一条大辫子，宛如夹裹着风雷闪电。一时情不自禁，不知意在笔先，还是笔在意先。羊毫大笔，水足墨饱，再加上勃发的心力和醋畅的情绪，须臾间将一个虎虎生气的傻二现于纸上。

我怎么能画出如此神采焕发的人物？

待静下来才明白，我遇上一张好纸！笔墨如同说话，这纸好比话筒。我的声音，不仅变得厚重圆润，而且其中的轻重刚柔以及所有细微之处，全都表达了出来。焦墨似渴，水墨犹湿，实处响亮，虚处有痕。好纸"帮忙"，但如此"帮大忙"的好纸第一次遇到，我对站在一边的友人说："这纸神了，从哪儿得来的？还能再找来几张吗？"

友人笑道："这半张还是求了半天，才求到手的呢。告你吧，这是康熙纸。"

我一惊："康熙纸？你怎么早不告我？"

作此画时的情景

《康熙老纸画神鞭》　67×51 cm　1990

　　"告你，你就不画了。"友人说，"这是一个朋友祖上留下来的，人家当宝。整纸的边上有康熙年号的戳记。你这是半张，缺戳记。"

这才知道这张神奇古纸的身份与来历，因题记于画上：

康熙老纸画神鞭。

题字之时，由于知道了这纸的非凡，下笔变得拘谨起来，与刚才作画时那种风生水起的感觉全不一样了。

心中却要感谢古纸，它帮我以丹青再现我的《神鞭》。

此扇面锦盒装，湘妃竹扇骨，斑纹甚美，无雕工，优雅大气。扇骨高五十一厘米，扇面长三十厘米，排口三点五厘米，十六指，一罕见之大扇也。

再看此扇子书画，更是珍罕。

扇子的正面绘画、背面书法，都是张大千所作，故扇盒题签为"张大千书画箑"，而题签者署名是"家㯲"（吴玉如）。我曾问道于吴先生，对此扇自然多了一分亲切。

扇子正面的画取材于苏轼的《后赤壁赋》。正中一人，头戴青色高筒短檐帽，身穿宽松长袍，手挂竹杖，注目于前方一片浩荡的江天，心有所动，且吟且行；两个年龄不同的文友，相谈在后，彼此投合；一书童紧紧跟随。这画面所描绘的正是《后赤壁赋》开篇的一段，既精确又生动：

是岁十月之望，步自雪堂，将归于

张大千《赤壁后游图》

临皋。二客从予过黄泥之坂。霜露既降，
木叶尽脱，人影在地，仰见明月，顾而乐
之，行歌相答。

再看画中这大帽长袍、须发飘逸、挂杖前行
者，不正是赤壁赋的作者——东坡本人吗？

张大千擅画人物，故而他山水画中的人物不
只是简略和示意性的"点景人物"，他常常要刻画
出人物的举止与神情来。这扇上的人物笔精墨妙，
鲜活传神，特别是此时此刻的苏轼，目光凝重而深
远，心境辽阔，感物伤时，与四外日渐萧疏的晚秋
风物情景交融，益发将《后赤壁赋》这一名篇中的
思想情感表现得富于感染力。

古来扇画多为装饰性，以笔精墨妙和意趣取
胜。像这样一件主题性的创作还不多见。

画上题写为：

赤壁后游图。戊寅五月仿上元老人
笔。爰。

张大千《赤壁后游图》（局部）

张大千扇画款识

戊寅是1938年。上元老人应为明末清初画家张风，字大风，南京（上元）人，自称上元老人。张大千不止一次在画作中写到"仿上元老人笔"，看来张大千很欣赏张风。张风长于人物，宗法梁楷，用笔简洁传神。这扇面画中的苏轼与张风的名作《渊明嗅菊图》中的陶渊明画法极其相似。

扇子的背面是张大千摹写黄庭坚的一幅书法。黄庭坚这幅书法所写的是唐代诗人刘禹锡的诗作《经伏波神祠》，诗文是：

蒙蒙篁竹下，有路上壶头。

汉垒麏鼯斗，蛮溪雾雨愁。

张大千书刘禹锡《经伏波神祠》

怀人敬遗像，阅世指东流。

自负霸王略，安知恩泽侯。

乡园辞石柱，筋力尽炎洲。

一以功名累，翻思马少游。

　　张大千是在叶恭绰（遐庵）家见到黄庭坚的这件作品，深爱不已，遂摹写在这扇面上，并写了一段题记：

　　山谷此书墨迹在叶遐庵家，用墨如漆，使笔如刀，真奇物也。

吴家琭（玉如）题签

　　从张大千此作中，可以看出他对黄体书法研习之深。叶恭绰所藏黄庭坚的原作已无从得见，但由此摹本中，仍能领略到黄庭坚书法的魅力——结体奇崛有力，书风险峻雄健，以及"用墨如漆"与"使笔如刀"。

　　此扇无论书画，皆是上品。

王公狩猎图

此公何人，不可知也。相貌雍容，信是王公。盛世偏好武，射猎以行乐，肩扛舶来火器，尽其时髦风流。此画为张学明家藏，原作残缺，题跋全失，视其画风，当是清初之物。幸有康熙老纸与之相配，题以记之。

这段文字是我为一幅老画重裱时写的一纸题记。题记中的张学明是张学良的胞弟，此画是张学明的家藏。张学明之子张鹏举与我上小学时是要好的同学和朋友。六十年代中期其家受冲击而破败，靠卖老旧家什为生。这幅画是个残本，缺头短腿，画上的题识与印鉴全不见了，无法辨识其中的究竟，也就卖不出好价钱。鹏举见我喜欢，便送给了我。

我临摹古画多年，见得多，看得出这幅画应是

此幅何人不可知之相貌難

容信是王心醫世偏好武射

獵心以樂有託躯來以觀畫

其時變墨流此畫為張學明

故藏原作殘缺題跋全失視真

畫風當是清初之物幸有康

熙年紙與之相印題以記之

癸巳仲夏蘇手于心庵

清代初期某位王公的行乐图。人物胖大、敦厚、庄重又平和，所用画法乃是明代以来流行的写真法。由于历时三百年，虽有残缺，却古意盈然，十分可人。

鹏举家住五大道常德道一处西班牙式小楼。米黄色、手工抹灰的墙面，黑铁门窗，后有深院，大树成荫。其父母都是代有传承的显贵人家，老东西多不可数，以至二十世纪中期破败后，卖家也卖了十几年，直到鹏举因病去世，家中的镂椅雕桌依旧随处可见。那时常与他往来，眼见他卖掉的各种字画珍玩，件件精美至极，可惜都不知去向了。

鹏举还送给我一件十分古老的施彩的泥擦擦，我一直放在书房中，已写进《书房一世界》中了。

在画案上打开一卷纸，随想随画，随画随想，悠然又风雅；到了看画的时候，前边渐渐打开，后边慢慢卷上，风雅亦悠然。这是一种书斋生活和文人的方式，自然也是中国人独有的。

手卷的由来，一说来自秦汉的经卷，一说由竹简演变而来。反正顾恺之的《洛神赋》和《女史箴图》足以表明东晋那时手卷已成定式。

手卷不能悬挂，不能观瞻，却能放置案上，随手打开，一如翻阅读书那样，坐在那里津津有味地慢慢品赏，观赏册页也是这样。明代吴门大家仇英有一幅《竹院品古》，画的就是主人以书画珍玩款待友人，大家围坐桌前，一边品赏着书画和古物，一边饮茶交谈。在这种书斋式的艺术赏玩中，手卷是不可或缺的主角之一。

我对于手卷不陌生，这和我最初临摹过古人的一些手卷有关。比如《清明上河图》《溪山清远

手卷

图》等。我熟悉手卷的画法、构图、节奏，深知手
卷的创作过程很独特。作画时前边一片空白，期待
你新的想象。同时，"正在画的"又与"已经画
的"内容相互关联、呼应，气脉相通。这个过程很
像写小说。沿着一条线索渐渐发展，中间是山重水
复、曲折萦绕、高潮迭起，最后归于平静。

　　我画手卷时，最有写小说感觉的是《珍藏四
季》图卷。四季是生生不息的大自然不断循环的一
个完整的生命过程，当我把它作为长卷的题材时，

《珍藏四季》（局部）

心里很激动；一种丰沛的大自然的生命情感，好似要从我心中抒发出来；一边画，一边从水墨里源源不绝地涌出创作的灵感。灵感的出现是创作最大的快感。情不自禁之中，我把一时的感受也写到画面上了——

在含着春意的阳光熹微地照在铺满白雪的大地上时，我在一块空白处写道："送来春天的原来是阳光。"当繁花开尽，春色渐晚，我在一片云拥雾锁的山峦之间，感慨地写了一句："春天就这样匆匆去了。"没有刻意地题跋，全是有感而发。情景交融，物我合一。说不好，这是一篇水墨的文字，还是一卷文字的水墨。在这卷画收尾于风雪漫天、一片苍茫与荒寒之时，我把更深切的感受也写在这里："画到此处我收藏起一年的美与光阴。"

我给这长卷题了画名：珍藏四季。还嫌不够，又题写了一首诗，放在"引首"：

> 留春藏夏存秋冬，雪夜花晨一卷中。
> 莫叹光阴如影过，挽住岁月惟丹青。

手卷收存宜躺放。如今此卷与我其他手卷一并躺在画室的书柜上，远远卷卷如天边的堆云，十分好看。

画案上有一笔筒，方形竖体，上为圆口，陶胎白釉，包浆厚润，滋润可爱。此物原先不是笔筒，正面有一行青花大字：天津宫南大街双元兴记。背面是简笔双花。双元兴是清代天津坐落在宫南大街街北的一家茶叶店，以专卖福建茉莉花茶驰名津门。这瓷罐是茶叶罐。现在大小正好作为笔筒。

拿它做笔筒，缘自一种存惜。

一是，这家老字号的茶叶店早已不存。天津是商埠，商家多如牛毛，店铺兴衰存亡是常事，没人在意，但这毕竟是曾使几代人生活得有滋有味的一家老店。二是，天津比较注重实利与实用，轻视纯精神性的历史文化。天津历史虽不算太长，但过程曲折，地处紧要，历史遗存十分丰厚驳杂，但此地人对自己的财富漠然以对，以致大量遗产被荒废丢弃。

在近二三十年，天津老城老街改造和原住民大

双元兴瓷罐

规模的动迁中，我多次跑到现场收寻历史遗存。可能由于我写了太多地域风情与文化的小说，对这里的历史与民俗情有独钟。然而，我收获甚微。我深感此地民间没有保存历史的传统！这是我最遗憾的。这也是此地文化深层的缺憾！

在宫前大街"改造"时，我差不多在宫前大街上来来回回走了十多趟，却丝毫感受不到这是一条六百多年的老街。从世世代代生活在这里的人家搬出来的东西，基本上没有什么文化记忆。可是，就在我决定离开这条老街时，竟意外地发现这个白瓷青花的茶叶罐——这个带着地方标记的民俗小品。虽然它不是珍品，却是难得见到的历史遗物，我如获至宝。它身上那种至少百年以上的地方风韵，可以安慰我太多的怀旧与失落之心。

淋漓的水墨濡湿了宣纸，散发出一种特殊的气味，像雨水打湿的街面，清新沁人，撩拨画兴。画画的人都熟悉这种气味。宣纸易洇，水墨在上边就像醉汉那样，醉烂如泥，变幻不定，作画的过程便充满了不确定的因素；充满可能，充满偶然，也充满了快乐。古人形象地称这种用墨为泼墨。泼墨始于宋。

泼墨有两种。一种像梁楷那样，他的泼墨是胸有成竹、有确定目的的泼墨，这种泼墨只是为了获得生动的水墨情趣。另一种像张大千那样，这是一种胸无成竹的泼墨泼彩。"泼"的刹那，心无定象，全靠从泼出来的彩墨中去发现奇形妙境，再构造成画。这种泼墨最终是为了突破自我，创造自己。

现代画家更喜欢后一种泼墨。我在台北张大千故居的大风堂里，看到一帧张大千作画的照片。照

醉墨醒笔

闲章

片中铺在画案的大幅宣纸上边汪着一层水，居然亮闪闪地反光，好像水面。我从来没看别人作画用如此之多的水。可以想见浓重的墨彩在这水汪汪的宣纸上会发生怎样意想不到的变化，会是怎样一种神奇感！

墨在画上最好的状态是一种生命的状态，自由、自然、随性。泼墨如此，大泼墨更是如此，而点染之间也是如此，比如黄宾虹，在他重重叠叠的积墨、破墨、泼墨、宿墨中，大自然山水的生命就蓬勃其间。

作画时，墨是最不受拘束的，变幻莫测，充满意外。而与之相反，笔是神清目明、口齿清晰、称心达意的。尽管笔也千变万化，但它不含混，因为它是精神的表达、思绪的显现、个性的表白。如果一个画家用笔没个性，别指望着他的画有个性和个性魅力。八大用笔，金农用笔，齐白石用笔，林风眠用笔，都是他们的个性在用笔。他们的魅力也在他们用笔之美中。

当然，笔离不开水墨，笔的枯润、刚柔、虚实，常常要靠墨的参与。墨也离不开笔，墨的光彩、变幻、出奇，也必须由笔来激扬。

最美的笔常常在一片混混沌沌的墨中醒来，最美的墨往往在一丛清醒的用笔中醉去。

故我有一闲章，方形，阳文，四字：醉墨醒笔。

雨竹

画室里有件工作，贯穿着画家的一生，就是解决技法上的问题。当原有的技法无法表现内心的感受时，就要在技法上想出新的方法。

中国画的传统技法是程式化的，容易变成公式化，变得千篇一律。语言的贫乏，一定会限制表现力。比如山水画中画雨，古人最常用的办法，是把天空和江河刷上灰色的淡墨，来表示是下雨时的阴天。再有便是把远景画得朦胧模糊一些，再画上一个撑伞的行人或身披蓑衣的钓翁，这便是古代山水画中的雨景了。宋人"米家山水"如此，海派的擅长雨景的吴石仙更是如此。雨对他们，只是一种概念；他们讲究的只是雨中朦胧含混的笔情墨趣，不追求对事物的生命表达与情感表达。

一次回浙江宁波老家，那是我第一次回老家，自然想到家族的兴衰、长辈的命运、不能挽回的逝水流年、温情的往事，一时冷暖交加，百感交集。

忽然心里冒出一片风雨里摇曳的竹子，还有一些诗句，渐渐形成了可吟可唱的一首：

疏疏密密雨，轻轻重重声，
浓浓淡淡意，深深浅浅情，
远远近近事，都在此幅中。

于是铺纸作画。古人没有丰富的表现"雨竹"的语言，心中便生出灵感。先用水和淡墨立笔斜扫，画出风雨。跟着趁着纸湿画出飘摆摇曳的缭乱竹叶。墨色淋漓的竹叶在湿纸上洇开，散发出雨水迷蒙的感觉。可是，那种漫天洒下来的雨点呢？那些雨打竹叶"大珠小珠落玉盘"一般的雨声呢？

雨虽然是透明的，然而纷纷而落的颗颗雨滴不可以用墨点来写意，来表达？怎样画这些随风飘洒的雨点？于是，想到古人画雪使用"弹粉"的办法，我何不可以拿来"弹墨"？

这便用笔蘸了墨，一手捏扁笔锋，一手的手指弹出锋毫中的水墨。墨点落纸，沙沙作响，有如雨声。谁知这灵机一动的想法，竟将我一时心中的复杂情感洒落纸上。由于作画时只是纵情"弹墨"，忘乎所以，过后才发现衣服上溅满了墨点。

画过画，把心中那首诗题在画上，并取名《雨竹图》。

这幅画赠给了老家宁波慈城，如今已挂在我的"祖居博物馆"中。

向故乡赠送《雨竹图》

《雨竹图》 108×68 cm 2016

纨扇仕女图

我在这轴画上边的"诗堂"中题了这样一段话：

　　昔日同昭与吾同窗习画，吾工山水，同昭长于花鸟人物，尤擅仕女。其天性温文清雅，皆在笔端，然腕力之遒劲，出吾之右也。可惜中途封笔，未能尽其才情；而画作不多，历经磨难，更是寥若寒星。此为画稿，原作毁于地震，殊堪珍惜也。因记之。戊寅冬日，是日大雪漫天。津门三乐斋。骥才。

　　婚前妻子是我画友，婚后仍是画友，又同在一家书画社以摹制古画为生。故我的画室也是她的画室。平时各自画，偶尔也合作。这幅《纨扇仕女图》就是共同在画室画的。

她这仕女，不论云鬟、衣裙、飘带，还是开脸的线条，都沉静而流畅，显出功力。我的山水画得更好，她就请我补景。我则以竹石衬之。所用画法都是宋人的。宋人写实，元人写意。宋人喜用中锋勾线，侧锋皴擦，用笔清晰爽利，转折处尤要看出劲力。我之所以画珊瑚石和新篁，一都是庭院景物，二为了画面的精致。

四十年前，这样的合作有些好的，现在只剩下这一幅，而且还是原稿。那些失去的画作有些还记得，只是无法重现了。

银婚·金婚

人生中有些日子要用笔记下来。用笔记下来，才会记得清楚，记得牢。

如果是写作的人，便用文字记下来；如果是画画的人，就会用笔墨记下来——画一幅画，寓意其中，这也是一种记录，一种纪念，一种挽留。我五十岁生日时，铺开纸，立笔画了几株挺拔的秋树，满树金煌煌的秋叶，灿然如花，表达出我正当盛年心中的能量急欲迸发之渴望。到了六十岁的生日，也画一画：大笔横扫中，一条激流汹涌的长江大河从画面奔腾而过。在充满凶险的江心，一只小舟逆水行进。此时的我，正投入文化遗产抢救的时代漩涡里，这小小而顽强的孤舟正是我自己。

我的画不是在给我鼓起勇气吗？不是参与了我的人生吗？

如果这日子是我和我的妻子亦画友共有的呢？比如结婚纪念日。我们就合作一幅画。这已经是我们不约而同、一定要合作的一件事，也是我们共同喜欢的庆祝结婚纪念日的方式。

自从我在六十年代画那幅《北山双鸟图》，那一双"日日长依依"的小鸟一直是我们合作作画的主角。

1993年我们银婚那天，我们画的是银蓝色月下的竹林中两只闲话的小鸟。这是我们当时日常、单纯又惬意的生活。我索性给这幅画取名为《银婚》，作为一种纪念。

2017年12月31日是金婚之日。金婚是人生大事。人生要经过怎样的漫漫长途、曲折坎坷、艰难险阻，才能走到这个金色的驿站？于是，我们认真忙了一阵，编印了一本厚厚的《金婚图记》，将五十年来年年最有记忆价值的照片摘选出来，精编成册，送给亲朋好友；又写一文《金婚有感》，倾诉此时此刻最深切的人生感知。老友韩美林的结婚纪念日与我同一天，那天我们赶到北京通州的美林家里，邀集来我们许多共同的老友，一起共度佳节。

当日晚间返回津门，心中的激情却犹然未消退，我俩不约而同进了画室，你画几笔，我添几笔，又是小鸟一双，又是秋叶如花，又是美好而流动的色彩。笔笔都有情有意，以心挥洒，信由天然。待画好了，遂在上边题道：

《金婚》　54×78 cm　2017

岁月如水入墨池，此中画意几人知。

相许一生丹青里，风华应是金婚时。

　　我曾写道："我喜欢在人生每一个重要的节点上，过得
'深'一点。在记忆中刻下一个印记，让生命多一点纵向的东
西。"这恐怕常常是我的画与别人不同的地方。

我的画案上不能没有两种颜色：藤黄和朱磦。因为秋色时时要进我的笔下。这不仅仅由于我热爱大自然这个美好的季节，更由于我种种不同的情思都可以恰当地寄寓在这里。它是我的知心。

年轻时，我不像现在这样坚强而乐观，我甚至有点感伤气质。我喜欢诗人中的"三李"——李煜、李商隐、李清照，喜欢陀思妥耶夫斯基，喜欢蒙克，喜欢柴可夫斯基……因而我笔下总会出现晚秋的风物与晚秋的情味。几十年过去，当我怀着一种悲壮之情奔波于田野乡间，向那些濒危的民间文化伸以援手时，从笔端展现出的秋天竟然变了，全是秋天夺目的斑斓。这因为，那时我必须天天不断地从自己身上调动出激情与心力，我要用自己身上的力量支持自己。

于是，由原先的秋之疏淡、空远、苍凉、凋零、忧郁，转为秋之丰盛、饱满、辉煌、绚丽。一

偏爱秋色

《秋日的絮语》（局部）

度，我甚至喜欢用金色，发现将金色与墨一起使用
时，可以呈现出一种奇异又神秘的境界。还有一阵
子，我陷入对秋之色彩的迷恋中。大自然的色彩是
谐调的，天然地谐调，不管多驳杂，也谐调。我便
干脆扔掉具象，单纯用各种色彩、水墨、笔触和肌
理画出不少抽象的秋。有时抽象比具象更形象，关
键是感觉和美。

　　我的一位友人说："我还是喜欢你原先的调
子。原先的画中有你这个人。现在更多是你理想化
的精神。"

　　我说："我也喜欢我曾经的画，但我回不去
了。如果现在再画出那样的画来，也是一个'伪自
己'。因为画家画的都是自己的现在。"我想了想
又说："这个现在只有在明天才看得更清楚。"

　　友人未言，不知他是否听清楚我的话。

逆光

　　事物在逆光中变得神奇。一部分隐藏在重重的阴影里，一部分被异常强烈地照亮。有些事物会变得半透明。如果它是树叶，在逆光里，叶片里碧绿的汁液会加倍明亮，生意充盈。逆光使大千世界突然焕发出一种强烈生命感。

　　我对逆光痴迷。逆光时——它分外的夺目，它光影的重叠或缭乱，它的奇妙的反光。我常常情不自禁地把它写在长长短短的散文里，或让我小说的人物置身逆光的情境中。在作画时，若将一片芦花、一丛树、一条江、一个巨大的山体放在逆光里，它会陡现神奇。不过这很难，因为传统的中国

画从来不画逆光，而且国画不依据观察，只依据程式化的经验。若要画逆光的事物，只有自己去解决技术的问题。

画逆光比写逆光难多了。

在逆光中，我偏爱夕阳残照。日头将落时，它的光贴着地面照来，好似一道灯光由远处强劲地射来。夕照总是加倍明亮，而且比晨光还红。落日行将消失，它要用这金红色、火光一般的夕照把大地上的一切全烧掉吗？我怎样才能把大自然这种悲情表达出来？要等到自己的人生中出现这种状态吗？

芦花

　　我的画室不放鲜花，只放干花。因为人在画室，全部精力都在画上，不会顾及活着的鲜花，反而会使得不到关心的美丽鲜花在不知不觉中凋谢。故而，我只把干花拿进画室。

　　进而说，我也不会把一束很美的干花放到画室，这还是因为我的注意力全部在画上。

　　为此，我只把一种干花放到画室——就是芦花。

　　芦花不是一枝一姿一花一态，它们彼此一样，不必细细品赏；它们给人的感受只是一种整体的美、蓬松、柔和、纯洁。它不需要你去悉心端详，它不强加你，也不分散你的注意力。它静静地在那里，只是给你一片温柔。

　　芦花没有香味。

　　它只有一种颜色——白。

　　然而它在大自然里，与辽阔的江天融为浩荡的

《柔情》 120×123 cm 1991

一片。千千万万芦花在风中一起摇曳，散发出一种漫天的柔情。特别是在夕照里或逆光中，它变得夺目、雪亮、闪光。没有任何花之美如此强烈，如此壮阔，如此明亮。而且，它又是大自然一年之中最后才开放的花。进入初冬，寒风劲吹，令人惊奇的是，芦花细细的苇茎，看似脆弱，却依然坚挺，它从哪里得到这种不折不挠的意志？

待到秋深，在山野或江边碰到芦花，会采来一些放在画室一角，将这秋之温柔和秋之坚韧与我为伴。偶有触动，便画下来，然非眼中之苇，乃心中之苇。比如《往事》《柔情》《秋天的礼物》等等。

对于我，芦花不仅是一种美、一种独有的精神品质、一种生命情感，还常常是我人生感怀的凭借。对于我，它特别能入画。

世上最伟大和震撼人心的吻是天空亲吻大地。你一定会说，天空怎么能亲吻大地？

那次考察丝绸之路，车子穿行贺兰山时，我看到了一个惊人的景象：天空正低下身子，俯着脸，用它的嘴唇——厚厚的柔软的云朝一座大山亲吻下来。这一瞬，我发现天空那布满云彩的脸温柔至极，脸上松垂的肉散布着一种倾慕之情。大地被感动了，它朝着天空噘起嘴唇——高高翘起的峰顶。我感到大地的嘴唇在发抖。霎时，如烟一般的乌云在山顶弥漫，激情地翻滚，天之唇和地之唇深深地亲吻起来。而天地之吻竟是如此壮观，如此真切，如此辽阔，在这发狂而无声的纠缠中可以看见乌云被嶙峋的山石拉扯成一条一条，可以看见山巅的小树在疾风中猛烈地摇曳，所有树干都弯成一张张弓。这才是真正惊天动地的吻。

随即，天空抬起脸来。云彩急速地飞升上去，向前奔驰。奇怪的是，黑黑的乌云一点也没有了，全都变得雪白，薄的如白纱，厚的闪着银绸般的光亮。再看，真令我惊讶，眼前这片被天空亲吻过的山野也发生了神奇的变化。所有景物的颜色都变得分外的鲜艳，非常美丽。尤其是一束阳光穿过云层射下来，刚刚被雨云深深浸濡过的地方，湿漉漉发着光亮。山石带着红晕，草木碧绿如洗，各色的野花如同千千万万细碎的宝石，璀璨夺目，生气盈盈。所有的生命力都被焕发出来了。

这天地之吻竟有如此的力量。吻，能够创造如此的奇观吗？如果是，那么就要珍惜每一个吻，因为一个真正的心灵之吻，会改变自己和别人的一切。

《吻》　40×67 cm　1995

这几年，墙上多一副对子，是康有为给我外祖父写的。这副五言对子，上联是"种菜英雄老"，下联是"买山心事长"。

关于这对子前前后后、里里外外太多的故事，长期以来一直萦绕着我。

这首先缘于我对外祖父之所知，有点扑朔迷离。

外祖父叫戈子良，世居山东济宁，世代多为行伍之人。他本人名瓒，清末从职军旅，在张勋手下屡立战功，民初被授予少将军衔。但他不久便解甲归田，种地植林，为人性情豪爽，喜欢结交朋友，热心地方公益。1927年举家迁到天津，1935年故去。

从各种史籍中，能知道的也就这些。

那时代，男人在外做事，不大与家人说，而且我出生时（1942年），外祖父已经不在，听到的大都近乎传说了。

五六十年代，从家中的老相册里见过几张外祖父老相片，高大魁梧，四方大脸，肌沉肉重，势大力沉，典型的"站如松，坐如钟"的齐鲁大汉模样。其中一张是他解甲归田后，头戴斗笠，握锄做耕地状，远处站着两个家丁，显然是在作"归田秀"。还有两三张是1914年萧伯纳访华时乘船由运河途经济宁，外祖父去码头迎接，并邀请萧伯纳到家中的梓园做客的情景。照片中大胡须的萧伯纳个子很高，身材魁梧的外祖父也很威风。另外两张银盐照片，很大，十分清晰，是外祖父陪同康有为登岱的照片。外祖父早在军队时，经由张勋介绍给康有为。济宁是孔孟故乡的所在地（曲阜和孟县），毗邻泰安，康有为多次登泰山，都是外祖父陪同。这照片是在泰山经石峪一带，上边有姥姥、舅舅和母亲。从照片上看，那时母亲只有几岁，头上梳着两根抓髻。康有为和外祖父及另外两个中年男人都端坐在山间的青石头上，背后是高岩巨石、大树长松。

可惜这些照片在六十年代中期被"文革"的烈

火烧得精光。没有照片的历史是看不见的。我曾四处寻找这些照片的复本，可是有些东西只有"这一个"，失去了便了无踪迹。

很早就听舅舅说过，康有为曾给外祖父写过一副对联，五言上下句是："种菜英雄老，买山心事长。"

这副对联应是在外祖父居济南时写的。那时，外祖父酷爱的植树造林已推广到济南，他买下了两座小山——金牛山和四里山，专门用于建造试验林场。他安家在济南市的魏公庄。康有为来山东时便到这里串门。一年秋天，满院菊花盛开，康有为正在山东，外祖父约康有为来品酒赏菊。康有为忽有情致，为外祖父又写了一副对联："将军思大树，壮士爱菊花。"

这些故事都是从舅父那里听来的，不知真确与否。可是长久以来，一直找不到可以从旁见证者。

1927年外祖父举家迁到天津后，从老家带来不少字画，其中不少康有为写的字轴。外祖父故去后，舅父生活拮据，常常变卖家当。一次他从家传的物品中理出三十余轴康有为的书法，有的是立轴，有的是横披，有的是对联。有一卷很长，是游泰山古龙洞时，现场题写的长诗，中间有一些圈圈改改、更字换句的地方，十分生动、自由，有现场感。舅父雇来三轮车，叫我随他一起去到辽宁路的艺林阁把这些字轴卖了。我那时小，不懂得。这些字轴总共卖了四十三元。事后舅父十分后悔自己的决定，特别是二十世纪末——他生前的最后几年，多次叫我留意各地的拍卖，看看能不能找回康有为那些字。然而，石沉大海，失不再来。

谁料一次我忽然从南方一地的书画拍卖信息中发现了这副有如神话中的对子：

种菜英雄老，买山心事长。

我赶紧把这副对联请回来。

一字不差，于是历史回来了，传说变成现实。上边白纸黑字写着"子良仁兄存正"的上款，我的外祖父也回来了。

尽管对联上的"英雄"二字，还是不能叫我弄清外祖父有何作为，获此称誉，但我有了历史的确凿感和实在感，仿佛一株树弯下腰来，一下子摸到自己的根。

门琴

这只琴已经挂在我的门后近二十年了。

它只有一尺长，扁扁的，细颈宽腹，宝瓶状，原木本色，绘以白、蓝、红色的花饰，纯粹的欧洲民间风格，率真又亮丽。没有人弹它，也不用去弹，它自己会发声。只要关门时一震动，坠在琴上的长长短短一排小木球儿便会跳起来，随即轻快地落下，叮叮当当撞响琴弦，发出一阵悦耳的琴声，像美妙的拨弦乐声。

这是我从萨尔茨堡带回来的。记得当时我问这家纪念品店的店主："这乐器叫什么？"

女店主胖胖的，脸上泛着健康的红晕，她笑道："门琴。"

我脸上露出疑惑，因为我没听说过这种乐器。

女店主说："我们这里山民家家门上都装着一个。"

奥地利人对音乐的热爱是他们的天性。

　　在卡伦堡山下各色各样的小酒馆里，喝着当年的葡萄酒，吃着炸鸡烤肉，总会碰上一个小提琴手来助兴。如果哪位客人随着音乐唱一两句，就会有人随之唱起，很快成了一场群唱会。人们频频举杯，欢声笑语。对于奥地利人，没有音乐和歌声，酒是寂寞的。

　　酒是歌的兴奋剂，歌也是酒的兴奋剂。

在他们的生活中，歌和音乐帮助他们待客，祝贺节日与生日，送别辞世的老人或朋友，助兴，消愁，抚慰心灵，享受风景，表达或倾诉心中的情感，还是旅行中最密切的伴侣……

在他们的名人中地位最高的是音乐家。维也纳大街上到处可以见到音乐家的雕像，著名的维也纳中心公墓里，音乐家们的墓前终年堆着优雅的鲜花。

能够把他们生活中这种无所不在的音乐说得最迷人的是勃拉姆斯。他说："在维也纳散步，可要千万小心——小心别踩到地上的音符。"

1988年我第一次去维也纳，但只有一天，第二天要去波兰和匈牙利。大使杨成绪想和我见面，但那天他有公务，时间紧张，约我在一区的街口维也纳歌剧院做短暂一见。我站在街头等他。他驰车而来。杨成绪是才子型大使，热爱艺术。他从车上快速下来，穿着深色的长风衣，衣袂飘拂，笑嘻嘻伸过手和我握手，同时把一张音乐光碟送给我。他说这张光碟代表维也纳。

我以为是莫扎特，仔细一看是施特劳斯。他

送我的这张光碟用一支名曲的曲目做题目——《美酒、女人和歌》。在他们心里，这三样是美好生活的象征吗？

后来，我又一次去维也纳做文化艺术的交流时，那里正在举办描绘十九世纪中期维也纳市井生活的彼德迈耶画派的画展，这个画派最经典的作品是约瑟夫·丹豪泽尔于1841年创作的，画名居然也是《美酒、女人和歌》。画中充满热情地描绘葡萄丰收时节的欢乐景象：人们高举酒杯，小提琴手起劲拉琴，种葡萄的女子围着美食蔬果起舞放歌。音乐是欢乐中的精灵。

我知道，只有把这个奇妙的门琴带回家，才是把这里的人对生活独有的情感带回去。

老版

我对刻有文字或图画的老版有很强的兴趣。

我把从浙南瑞安乡间收集到的大量明清两代的木活字放在学院，建一间小小的印坊，并为这印坊题了一块匾叫作"播文堂"。这"播文"二字体现我对雕版意义的理解——传播文化是也。写在纸上的文字，只能一传一；刻印的文字，才能一传百，再传千。

还有，刻在木板上的文字，比起铅印的字、电脑上的字，生动可爱得多了。不同时代，不同地区，不同印坊，气质完全不同，各有各的美。我喜欢老版印的画与书。有时学院碰到重要的节庆，我会写一首诗，找一些老纸，请播文堂的员工排版印出来，送给来宾。如果排版用的是明代的活字，我会对来宾笑着说："这是明版的。"

在播文堂里我还放了许多雕版，有文字版、插图版，也有商家广告印版。其中一块北京同仁堂

药铺方单的印版，有图有文，尤为我喜
爱。

　　还有两块印版如同两方大木印，上
端有钮，下端雕着文字或花纹，包浆很
厚，历久磨光，意味醇厚。一块是"狮
子印"，上边的钮是一尊雄狮，下边楷

书"正南"二字，字体方正有力，用于新房盖好，贴在大梁上的，意在房屋坚固耐久。另一块是"拓印版"，上边的钮是两个赤身伏地、相视而笑、天真无邪的孩童，下边刻着花草图案，这块版是蓝印花布印版之一种，用来在布上印花。

两块版都十分古老，前一块"狮子印"为明代，后一块"拓印版"单纯生动、古意十足，至晚是明初之物。

年画是我收藏的一大项。画源于版，版是生命，版更重要。昔时，东北没有年画作坊，东北三省所用年画主要来自山东潍坊和天津杨柳青两地。东北地广，需求量大，运画吃力。每逢腊月，山东和天津的一些年画艺人就背着几块画版，带些原料，跑到关外各地去印年画。人和版是活的，版到哪里，哪里就有画。但画版用久了，凹凸会磨平，就要换新版，保存下来的老版便很少见。我有一块老版很罕见。一次我的老朋友、俄罗斯科学院院士李福清来天津看我，他是中国年画的专家，我拿这块老版给他看，他一看就说："这是明代的。你从哪儿得到的？"

我说："太原的南宫。我认为这是临汾年画的版。"

临汾是中国最古老的年画产地之一，也是古代著名的雕版中心。若能碰到一块临汾年画古版，当然十分重要和珍贵。

这块版书本大小，正反两面各雕着一个胖大孩童，正向左，反向右，正好一对。孩童手舞足蹈，手摇金钱，与蟾相戏。这是广受喜爱、流传甚广、寓意财源茂盛的民间传说——刘海戏金蟾。画中的刘海，光头赤足，宽衣广袖，敦厚大气，从容疏放；画版则浸渍斑驳，苍劲沉静，气质不凡。无怪乎深谙木版年画的李福清先生第一眼就认定是"明代的东西"。

明代的年画版，何处还有？

八破图

　　我所藏四幅一套的《八破图》，是我见过的《八破图》中的精品。

　　布满画面的是残破不堪的古籍、碑帖、折扇、印谱、册残页和废弃的字纸，上边满是污迹、水渍、烧洞、虫啮、鼠咬以及撕扯断裂之痕。令人吃惊的是这些残痕破迹被描绘和刻画得如此精微与逼真，看似零乱却错落有致，这出自何方圣手？画上既无题跋，亦无印鉴。但这不奇怪，《八破图》多是如此。

　　"八破"是画的一种，但不在传统绘画题材的分类中。既不在《历代名画记》的"六门"里，也不在《辍耕录》的"画法十三科"中。它专画文房的废弃之物与"垃圾"，所谓"打翻的字纸篓"，有点旁门左道的味道。为什么？它源起何时？

　　关于它的源起其说不一。有人说与元代画家钱选所画的"锦灰堆"有关，我看关系不大。钱选所画是杯盘狼藉后餐桌上的残剩物，如蟹钳、虾尾、莲房、鱼刺、鸡骨、蚌壳之类，与文房无关，只不过被钱选在画上戏题了"锦灰堆"三字而已。

"灰堆"是考古学界对古代垃圾堆的一个称谓，因为古人的弃物中常常夹杂着一些有价值的东西，后人美称为"锦灰堆"。王世襄先生曾借用为书名。"八破"称"锦灰堆"，也是借用这美称。

在清代以前的画史上，找不到一幅《八破图》，也没有任何关于《八破图》的文字记载。不像专画钟鼎彝器、书画珍玩的博古画，自古有之。博古画高贵典雅，韵致醇厚，适合悬挂厅堂，谁会把八破——这些"文房垃圾"挂在墙上？

从流传的《八破图》年代上看，一律都是近世作品，没有清代中期以前的画。时间大约在光绪前后到民国年间，到了二十世纪五十年代便消失了，前后不过一百年。从所画的内容看，在林林总总、破破烂烂的文房弃物中，常常可以见到一些民国初年的旧文书、私人信件、废告示乃至零散的扑克牌，这些都说明绘制八破的年代比较晚近。至于八破的寓意，有人以为"八"音同"发"，象征发财致富，有人以为有惜古崇古之情怀，有人以为有敬惜字纸的雅意，有人认为"破碎"的事物与"岁岁平安"谐音……这些胡猜乱议，反增加了它的神秘感。

我以为，还是要从它流行的时代寻找原因。

十九世纪末到二十世纪初，外侮日亟，国弱民贫，几乎到了崩溃的边缘。文人之中，一部分人呼叫着"国家兴亡，匹夫有责"，站到了时代的潮头；一部分人则被压抑在社会底层，痛感礼崩乐坏、斯文扫地、古文明的失落。颓废的心理一定会产生病态的美和病态的艺术，这便是《八破图》流行一时的缘故。当然，这种颓废只是一种社会思潮的反映，还不是另类的自觉的反社会的武器。它没有任何积极的社会意义。

它流行的另一个原因，是画法的新颖与高超。

表面看，《八破图》采用的画法是传统的工笔画法，但它较少用线条，分明吸收了当时由西方传入的水彩画法，甚至是月份牌画法，把"写真"视为最高的标准与追求，这就完全有别于传统绘画写意的本质。故而，《八破图》一经露面，便让人惊奇。如此逼真的图画，见所未见，宛如横空出世，随即流行起来。

然而，当时能够画《八破图》的人相当少——一必须是文人，要有很广博的文房见识，通晓图籍与文珍；二必须是高手、能人，心灵手巧，有超强写真的本领；三还必须掌握西洋写真画法。可是由于《八破图》被视为旁门左道，未能进入大雅之堂，大画家们不屑为之，绘制《八破图》的能人皆在市井民间，名声也只在市井，今天就全不知道了。

然而，他们的画技却非常了得。从我所藏这四幅《八破图》看，不但老纸旧纸的揉皱、折破、脆裂、污染全能描绘得逼真如实，连焚烧过的旧书一层层黑糊糊的烧痕也表现得惟妙惟肖，甚至木版刷印的书页和拓印的碑帖背面全能真真切切地神奇地摹制出来。传统国画绝没有这种技法，西洋水彩画也没有这样的技术。谁是这种画技艺的创始者？

现在看来，八破只是近代流行起来并昙花一现的画种，前无古人，后无来者。我曾经在一次艺术品拍卖中，见过两幅木版年画的《八破图》，此前从未见过年画中有此题材的画。画面上全是残书旧页、破画废帖，画法有印有绘，应为杨柳青的出品，年代在清末民初。在年画中能够把当时热销的八破吸收进来，还能够栩栩如生地刻印出各种残痕破迹来——有此能力者，惟有杨柳青了。当然，民间年画采用这一题材，主要因为这种画含有"碎碎（岁岁）平安"之意。

然而，这种流行一时、来自文人生活的图画，很难被民间广泛地认同，过后也不再印了。我看重这两张极其罕见的八破年画对自身的见证价值，便收藏下来。

进入二十一世纪，2017年，波士顿美术馆举办了一个名为《中国珍贵的八破》收藏展，展出七十件八破主题的绘画与其他艺术品。这些藏品是一位名叫南希·柏林纳的西方学者在中国历经多年调查和收集的成果。在此之前，无论西方还是我们自己对此都一无所知。南希的视野开阔，调查工作井然有序，致力精深。她从时代、画家、含意、创作、实物等几个方面，由无到有地构筑了一个八破的世界。展览的同时，她还出版了一本厚厚的图说《八破》，贡献了她的研究与收获。

波士顿美术博物馆馆长马修盛赞这是一种惊人的现代作品，是被历史忽略的激进和创新的艺术。这显然还是出自对中国历史和文化的了解有限与文化隔膜。但是我们对自己这个文化史上特殊的现象进行研究了吗？

杨柳青木版年画《岁岁平安》

漫画插图与朋弟

我的绘画诉诸水墨，水墨之外还有一种画，一直伴随着我，便是漫画。

我喜欢漫画，可能因为我的童少年时代是漫画的时代。报端刊尾，常见漫画。漫画家是人们喜闻乐见的人物，所以名气都很大。比如丁聪、张乐平、华君武、朋弟等等。好的漫画幽默、诙谐、讽刺、智慧、敏锐，使我钦佩；漫画短小、轻松、机智、欢快，叫人便于接受和乐于接受。那时，只要你喜欢漫画，就好像生活在漫画中。

由于过于喜爱，自己也开始画漫画。漫画的对象自然都是身边的人。连我自己也没想到，漫画竟然跟了我几十年，一直跟到今天。究其原因，是我从来没想成为漫画家，基本没有发表过漫画，它只是我私生活的兴奋剂。家里出现什么好笑的事，便被我夸张地画下来；聊天时冒出什么叫人忍俊不禁的话题，也会触发我漫画的灵感。我的日记是一种

"插图版"的，大量漫画挤在日记潦草的文字中。我极善于从自己生活中发现漫画题材，已经习惯用漫画这种充满趣味的方式，把生活中各种新奇或意外的人与事"活灵活现"地记录下来。

我每写篇幅较长的作品时，身边都放一个硬皮的大笔记本，随手记下有关这部作品构思的片断、脑袋里不时蹦出来的细节、各种各样有意味的想象等等。在这样的本子里，还会有许多图画，都是我想象中的场景与人物形象。一次，一个朋友看了我写《俗世奇人》时的笔记本，上面有许多"奇人"形象，很感兴趣。这友人说：你为什么不从中选一些，作为《俗世奇人》的插图呢？你画的奇人比任何插画家画的都更接近你本人的想象。这样，便有了我此后"自绘插图本"的《俗世奇人》。

不少读者认为我画的奇人，就是我写的奇人。为什么？真的由于我写我画，皆出于我吗？

我自知还有更深一层的原因：我画的奇人形象，采用的都是漫画画法。我喜欢漫画，其中给我影响最大的是朋弟。

这和朋弟有什么关系？

在二十世纪中期——中国漫画的黄金时代——最有影响的漫画家中，北方当属朋弟。他一直生活和工作在天津。他创作的闻名大江南北的漫画人物"老夫子""老白薯"，具有鲜明和独特的天津的地域性格：热心、仗义、好事、逞强、调侃、喜欢恶作剧、生活态度乐观积极等等。这些人物和故事明显与上海漫画家叶浅予、丁聪、华君武、张乐平等相异相悖了。朋弟漫画人物的性格也是一种天津人的性格。

虽然我没有学习过朋弟的漫画，但他对我影响很深。这由于他的《老夫子》和《老白薯》直接来自我熟悉的生活，来自我和他共同生存的城市。这也是我喜欢他漫画的原因之一。

所以，当我用这种漫画的笔来画《俗世奇人》时，我常常感到若有神助。下笔几下，人物就出来了。我相信这完全是城市的集体个性——地域文化发生的作用。

我感谢朋弟先生。

这也是为什么二十年前，当海外有人冒用"老夫子"之名和形象获得巨大的声名与利益时，我要

为朋弟抱打不平，还写了一本书《老夫子出土》，引起了海内外一波对欺世盗名者的声讨。那期间，经多方朋友协助，收集到许多朋弟先生在民国期间出版的原书与重要史料，以至我为他编辑和出版了一套八册原版重印《朋弟漫画》。如今这套书和许多漫画史上不能缺失的资料都安妥地保存在我画室的书柜中。

巡展

画家把自己的画从画室搬出来给人观赏，有两种方式：一是出版画册，一是举办画展。

相比之下，印画册轻便一些，只要把画拍照，做成图片，编辑成册即可。办画展是大工程，兴师动众，劳人劳己，故逢到画展非办不可之时，我都会一连去几个地方办画展，充分利用这个资源，尽量让更多人看到原作。看原作与看画册不同，原作有感染力，画册没有。

我这种一连跑到多地举行的画展可称为巡展。

我五十岁那年（1992年）办第一次巡展，地点是天津、济南、上海、宁波、重庆、北京，前后历时两年。好处是不断有新作加入进去。最后的展览在北京中国美术馆，作品占了二楼一层三个大厅。

第一次巡展期间正赶上父亲故去，为使母亲脱离悲痛，改换心境，还特意安排去母亲老家山东和父亲家乡宁波办展。母亲从未去过父亲的老家，而她与自己的老家济宁也阔别了半个世纪。我巡展中这个初衷取得很好的效果，它使母亲从失去父亲的悲伤中解脱了出来。同时，巡展还使我游历各地，得以发现时代转型中文化传统与遗产遭遇到严峻的威胁，因成为我日后投身文化遗产保护的缘起。

我的第二次巡展是在2002年，我一甲子，六十岁。首展还是放在我出生地——天津。展名加上"甲子"二字。展厅迎面自书一幅《甲子岁唱笔墨歌》，以代前言：

笔墨伴我一甲子，谁言劳心又劳神。

墨自含情亦含爱，笔乃有骨也有魂。

如烟世事笔下挽，似水时光墨中存。

我书我画我文章，笔墨处处皆我人。

这样，我的画展就有了对生命敬畏的意义，也有了更鲜明的个人的艺术主张。

这次巡展去了其他三个城市，也都与自己的生命相关，比如宁波和济南，再一个是燕赵之地当今的首府石家庄。

第一次去家乡宁波办画展时，展名加两个字"敬乡"，即"敬乡画展"；十年后再去办画展，换了两个字"省亲"，叫作"省亲画展"。画展上多了一份亲情，这在其他地方的画展上是没有的。

在济南的画展是一个艺术研讨会。我的一些老朋友，如韩美林、黄苗子、郁风、丁聪、文怀沙等，皆从北京赶来，令我感动。我在石家庄的画展是铁凝给办的。这些展览都留下很多非常美好的记忆。

自甲子画展后，仿佛这种巡展与我的生命纽连了起来，仿佛它应是我每隔十年，对生命一次独特的纪念，一种自己喜欢的仪式。

于是2012年，我七十岁这年，在北京办了一次大型画展。好友王明明约我到北京画院办画展，我很高兴，因为这是我的老师惠孝同先生生前工作的地方。故而展览开始的部分，摆上惠先生为我画的册页《湖山罨霭》，还有我二十二岁那年，惠先生给我题字鼓励的那幅小画《山居暮归图》。

此时，我已投入文化遗产抢救十余年，很多收获需要展示给朋友们，遂将画展定名"四驾马车

展"，包括我在绘画、文学、文化遗产保护和教育四方面的成果。开幕式那天好朋友们来得太多，还有一些朋友从外省赶来，祝贺画展也祝贺我的生日。幸好我事先有准备，自编了上下两本大图集《生命经纬》。上册《时光倒流七十年》是我一生的照片，也是我人生的见证。下册《四驾马车》是我数十年的收获，必是数十年的辛苦。我用这部书把我的全部交给朋友们了。

在这之间，我还在奥地利维也纳、新加坡、日本东京与大阪、美国旧金山举办过个人画展。我曾有过到海外办巡展的野心，由于投身到文化遗产保护只得放弃。这好比从大地山林纵入茫茫大海，一切纯属个人的艺术事业——比如写作与画画就自然而然全都放下了。

《民间，民间……》

我画室的书架上，有几本我个人的画册属于另类。

这类画册是我为文化遗产保护筹集资金，举办画作义卖时专印的图录。我举办了多次这样的公益画展。这种图录总共印了四五本，第一本就是《民间，民间……》。

2004年，文化遗产抢救全面铺开，颇感经费困难，遂计划筹建文化遗产保护基金会，按照法规必须有一笔较大数额的注册资金。我决定在京津两地举办个人的义卖画展，筹集这笔钱。

画展前，河南出版界的朋友们帮我出版了这本《民间，民间……》。在这本画集的序言里，我把当时的困境与心境都写了进去：

　　这是一本例外的非同寻常的画集。本集中所有画作，将在一次公益画展中全部义卖，以支持正在进行的举步维艰的民间文化抢救事业。

近年，为了这一神圣的文化使命，我几乎放弃了小说与绘画的创作。每当看到文友与画友们新作问世，心中的矛盾与苦涩，惟有自知。当然，这是一种心甘情愿的自我抑制。面对民间文化身处全球化的泯灭与追杀中，只能先吹灭一己的艺术欲望。

然而，当纵入田野后才发现我们身陷孤立。一边是整个民间文化支离飘零，承继无人，等待着终结。我的心几乎可以听到它们奄奄一息时沙哑而无力的呼救。它是我们民族精神情感的根基，又是传承了数千年文明的遗产！怎么办？

而另一边，我们三军在外，手无粮草。面对着如是困境，许多学者与文化工作者却从来没有迟疑与放弃过。他们深知这是自己的责任，不少人慨然用个人有限的钱财来支撑这一时代的重负。我钦佩这

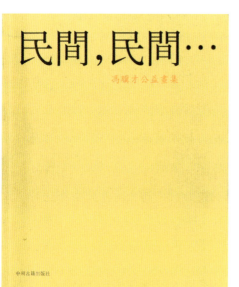

些文化人的品格。他们给我以鼓舞，叫我于迷惘中看到希望之光。一个民族文化的真正希望，最终是看有没有视其为神明和自己生命的人。

为了支持我的同道，以及我们共同的使命，我决定贡献我的绘画。这也是一介书生惟一能做的事。

……

在画集的扉页我还写了一句激情的话：

谨以本集全部作品，支持在中华各地
艰难而执着抢救民间文化的仁人志士。

过后，我在翻看这本《民间，民间……》时，感慨于这本画册里许多自己心爱的画卖掉了。一位友人说："你应该庆幸的是这本画册给你留下那些画的影像。"

友人这句话，叫我忽然明白，这本画集另一层的意义。此后，逢到这种公益画展，我必印一本小画册，把所有义卖的画作都收录其中。这本画册是为画展印的，也是给我自己印的。

它区别于我其他画集。其他画集记录的是我的收获，这本画集记录的是我的付出。

当然，付出更有价值。

心中十二月

我一直不明白，中国传统的山水画为什么缺少时间感？

在传统的山水画中，大自然没有日月晨昏，没有晦明，没有光影，更没有在节候与时间中的变化，最多只是春夏秋冬四个季节，连早春、仲夏、晚秋和初冬也不去表现。是由于对大自然细微的变化缺乏敏感，不曾留意，还是受限于自己绘画的理念、方法抑或工具？

在花鸟画中也是这样，连雏鸟都很少见于笔端。画花，似乎只有花苞和盛开的花，从不画凋谢的花。一次看到李鱓（复堂）画一片桃枝，题了苏轼那句"花褪残红青杏小。燕子飞时，绿水人家绕"，再细看画中的桃树枝头，居然真是花瓣落尽，颗颗小小的湛绿而可爱的青杏露出头来。我心中惊喜，中国画中真是很少画出这种节候变化中的事物的。

《心中十二月》之《二月》　44×52 cm　2007

　　文人画不是借景生情，抒发心怀，寄情于山水中吗？心灵是丰富又敏感的，如果只是春夏秋冬几种景象，何以表达心中的百感？我在画手卷《珍藏四季》时，开始用笔墨去探寻季节转化之间——春夏之交、夏秋更替、秋冬交接以及冬去春来的感受。于是，很多生命记忆会被唤醒，很多人生转折的感触与感慨会不自主地融入笔端。由此就有了组画《心中十二月》的想法。我为这组画写了一个题记，道出这一画作的题旨与所思所想。所言如下：

大自然以十二月为生命一轮，其所滋育之万物生灵，亦如这十二月，由生到灭，苦乐兴衰，概莫能外。从中悉心体悟，人生况味潜隐其间，辄便转化水墨，融入丹青，呈现笔端，诉之于纸，遂有此一组图画。凡十二图，每图一月，与时俱变，题曰：一月静谧，二月苏醒，三月朦胧，四月轻柔，五月清澈，六月光华，七月激荡，八月升华，九月丰足，十月灿烂，十一月高远，十二月安寂。看似风景，实乃生命历程与心灵境象也。谁识其中意，即是我知音。画罢题识，以为记焉。

这组画在2007年又一次为文化遗产抢救筹集资金而举办公益画展时卖掉。为留存纪念，特印了一本画册，并在每幅画的画题下写了一句散文诗，记下作画时的思想感触：

一月静谧
生命起始之前，都是漫长的屏心静气的等待，还有绝对的纯洁和一片光明。
二月苏醒

春天是从寒冷的冰雪深处流淌出来的。

三月朦胧

幻想是清醒的梦，幻想多久，童年就有多久。

四月轻柔

四月的春天化作一只多情的手，从我面颊上轻柔地拂过。

五月清澈

人类的旭日是文明的肇始。

六月光华

每一个生命都渴望光芒四射。

七月激荡

生命历程中必定要经过这样一个季节：在万物的相搏中成就自己，或是放弃自己。此时，强者的学说无容辩驳。

八月升华

精辟的思想和深刻的情感都是从平庸的生活中升华出来的，升华需要理性。

九月丰足

所有苦果的核儿都藏着珍贵的人类财富，千万别只口吞苦果，扔掉核儿。

十月灿烂

大自然的全部努力都是为了秋天的辉煌。

十一月高远

脱掉华服、穿上休闲装的自然之神，优雅地站在山水之间；

只有走出人间名利场才有资格谈超然，只有连"超然"二字也不再说，才有资格谈禅。

十二月安寂

心灵之美的极致是沉寂与静穆。

《心中十二月》给人买去后，如石沉大海，没有消息。四五年后忽听说这组画在北京一个画店里出现，好像失联多年的昔日好友忽有行踪，一时动心，想把它买回来。这是我心爱的作品。文学作品只有原稿，没有原作；绘画不同，原作是生命之本，只有原作，方见真容。但真的要去找它，却不见踪影。不知那消息是真是假，还是这组画当真与我无缘了。

画是找不回来了，现下全凭这本画册——就像珍贵的老照片那样，从中可以想见它昨日的容颜。

案头工作留给身体最鲜明的印记是指上的硬茧。我指上有过两个不同的茧，都在用来干活的右手上。一在中指上，一在无名指上。中指上的茧是写作的钢笔磨出来的，无名指上的茧是画画的毛笔杆留下的。

然而，茧不是轻易生出的，非要拿着笔，使劲干活，日久天长才会磨出茧来。

少年学画时，老师讲执笔的要领是"指实掌虚"。所谓"指要实"，是说笔在手中，别人用劲也夺不走；所谓"掌要虚"，是说手掌中间要虚出一个空间，可以放下一个鸡蛋。

当年习画时，老师叫我坐在桌前当场演练，老师和师兄弟们围着我看。我照稿画树石时，紧紧捏着笔，一笔一画地画。画着画着，不觉间手指就松了，站在身后的老师冷不防把笔从我手中嗖地抽走，师兄弟们都笑了；我空空的手指沾了许多黑

指上茧

墨，很尴尬。

从背后突然抽笔是过去教书先生常做的事，这方法很管用。不用老师再说，从此"指实掌虚"这四个字牢牢地记在手指上，并且体会到，只有将笔管把牢，才能画出古人那种挺拔强劲的线条；只有掌虚，用笔才灵活。这一虚一实是用笔的真理。

可是由于捏笔紧，笔管磨着无名指的内侧，日久天长，生出茧来。初如黄豆，渐成小蚕豆，挺硬。我的一位师兄弟决心要练出夏圭那样下笔如刀割斧砍，他握笔过紧，画画时不用说从背后抽笔，硬夺也夺不去。他的手指就不止一个硬茧，连手指都疙疙瘩瘩变了形。但他更大的问题是线条生硬，画亦呆滞，没有情感。看来艺术不能只靠硬功夫。

我后来由绘画进入文学。手里的毛笔改为钢笔。最初那些年日日奋笔疾书，一年几十万字。不觉间中指中节内侧也生出茧来，这是钢笔的笔杆摩擦出来的。有一段时间，我的右手有两个茧，一个在中指，属于文学；一个在无名指，属于绘画。老的未消退，新的生出来，两茧并存，蔚为奇观。这是我个人史上一个值得自豪的印记，我还总拿它向朋友们炫耀呢。

后来与专业的绘画渐行渐远，无名指上的硬茧便悄然退去。再后来写作渐用平板电脑，不用钢笔，中指上的老茧也渐渐消解。就像一座座老房子消失，它能见证的历史便模糊了。

新世纪文化遗产抢救中，苦无经费，又无人支持，决心卖画筹资。由于一段时间作画过于奋力，右腕上长出一个硬结，如同小枣，又硬又亮。医生对我笑道："你这个可不是茧，是用力过度引起腱鞘发炎所致。不用手术，只要不用力，渐渐会好，只是很慢。这个结不影响吃饭睡觉，你只管不去理它。"

　　我遵医嘱，不去管它，但也不遵医嘱，因为我必须不断作画卖画。后来卖画集资的事渐渐少了，手腕上的结却一直还在，只是变小变软。它为什么至今还未完全消失，为了见证我曾经一段并不轻松的历史吗？

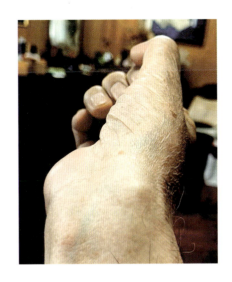

珍藏李伯安

我只见过李伯安一次，而我与李伯安的故事却都是在这次见面之后。

二十世纪九十年代初，我去郑州参加《百花园》杂志关于小小说的研讨会。那时河南文学界一些有眼光的人，想把小小说作为一个独立的文学体裁致力树立起来。会议期间结识了李伯安，看了他的画，即刻被他雄强而浩瀚、令人耳目一新的画风所震撼。那时，他正在为一幅百米巨制而奋斗，困难重重。他还没有名气，而画成这幅画要几年时间。他这种纯粹的理想主义的艺术行为，得不到市场化的现实社会的任何支持。

我告诉他，我是他的支持者。我要设法帮助他。可是不久我忽然得到一个天塌地陷的消息——他意外去世！

在他辞世之后，画坛才看到中国绘画失去了什么。二百多位著名的画家捐画，为他在中国美术馆举办画展，展出他那幅未完成的旷世巨作《走出巴颜喀拉》。曾经呼喊中国水墨绘画已经走向绝路的一些人，在李伯安的笔下全都目瞪口呆了。

我发表在《人民日报》的文章《永恒的震撼》，称他是"站在中国绘画史令人肃然起敬的高度上的人"。

我相信"今天的人更多看到的是他的艺术成就，而明天则更看重他的历史功绩"。

如果论及二十世纪对中国人物画最有贡献的作品，上半世纪是蒋兆和的《流民图》，下半世纪则是李伯安的《走出巴颜喀拉》。

可是，在一个功利社会里，谁会弘扬一位尚未被充分认识、没有广泛影响却已离世的艺术家？尽管河南一些人到许多城市举办"李伯安画展"，但效果并不理想。那是没有主角的艺术活动。远在天国的李伯安，无法在人间继续他的艺术作为了。

我有一个执拗的想法：在他家乡中州的土地，黄河边上，建一座美术博物馆，只放《走出巴颜喀拉》，保护好这件当代的经典与遗珍，同时纪念和记住这位中原大地上的旷世奇才。

那时我因文化遗产抢救常去河南，几次见到那里省的领导人，我把这个建议提出来，一度似有希望，却始终未有结果。现在这幅巨制已入藏清华大学博物馆，应该是一个很好的安身之所，但未能留在中州大地，终究是个遗憾。

这期间，一次我去郑州，伯安的妻子张黛找到我，执意要送我两件东西，叫我保存。一件是唐代墓砖《力士》。她说这是伯安生前的心爱之物，一直放在他的画室中。这方形的大砖上，一个健硕的力士赤臂袒胸，威武霸悍，端坐正中，面孔有胡人相，是典型唐人眼中西域人形象。还有一件是李伯安的原作《朝圣藏汉图》。这幅巨大的画轴上，伯安只以单纯的水墨画了一个手摇转经筒的藏汉，但是只这一个藏汉就足够了！他像一座大山立在这里！虔敬之情使他倾身向前，飞扬的发辫显露出情感的真切与豪迈；双腿如两株橡树，支撑着披着厚厚皮袄的巨大而结实的身躯。酣畅、厚重、磅礴、坚实、神秘。伯安给了人物以强大的生命力，给了笔墨和宣纸的表现力以无限的可能性。他属于那种开天辟地的画家。每次面对他的画，都会感到上天的无情，痛惜这位剪羽过急、不可再得的天才！

我不肯收，张黛非要我收，比我坚决。我心知她感激我对李伯安的支持，她把我视为李伯安的知己，因而她要把这两件属于李伯安的东西，交给李伯安的朋友——尽管我们只见过一面！

这份情义叫我感动！

而我和李伯安的故事还没有完——

本世纪初，一位河南人士来我的学院找我。他递给我一个厚厚的纸包，打开看，一包近百页的连环画手稿，原来是我的小说改编的《神鞭》！再问，竟是李伯安1986年画的，不知是何缘故，这套连环画没有出版。这套手稿就极其珍贵了。没想到，在我结识李伯安前十年，我们就有这样的关系——但我并不知道！可是在伯安去世十年后，这连环画居然找我来了。这不是世间的一次奇缘吗？

我和他真是有缘分的。这缘分竟一多半在他身后。

于是，这三件东西—— 一幅画、一块唐砖、一套连环画手稿，就成了我画室中的珍藏。我所藏既是一种人生之珍、艺术之珍，更是我敬重的一位为理想而战的纯粹的艺术家的遗珍。他是我遇到的真正具有理想精神的现实中的人物。

2020年，我把他作为我心中一位理想主义人物的典型和原型，写进我的长篇小说《艺术家们》中。小说人物叫作高宇奇，一个具有英雄主义气质的理想主义者，一个在消费时代里注定的悲剧人物。我想在这样一个虚构的生命里再现他的艺术精神，我想叫这种艺术精神感染更多的人。

《朝圣藏汉图》

张五郎

民间雕塑之所吸引我，是它的乡土气息、率性和传神。它们只讲传神。比起豪门贵胄厅堂中那些矫揉造作的精雕细琢，美多了！

在民间的匠人那里，没有金科玉律，没有严格的范式，没有死规矩。比方神像，民间只有一些说法，从无定式。火神是管火的，牛马神是管瘟疫的，钟馗是吓鬼的，所以火神满身冒火，牛马神比牛马还壮，钟馗豹头环眼，看了发瘆。匠人就照这个说法去想去做，像不像，神不神，就看这个匠人的悟性和本领了！

这样一来，往往一个神像，一个匠人，一种做法，一种模样，各不相同。同样是龙王，模样相去千里。在民间，碰到一个神像，吹胡子瞪眼坐在那里，常常不知何方神圣。民间艺人不喜欢去雕那些人人认识的神像，比方观音、神农、关公、土地等等。大家都熟悉，就会去挑剔，不好做。那些比较冷门的神像，比方地方神，反倒好放开手脚去做，自然也就活灵活现。比方这尊"倒翻神坛"的张五郎。

张五郎是湘中梅山地区崇信的神灵，也是本土信仰梅山教的祖师爷。梅山关于张五郎传说的版本太多，有的离奇，有的古怪，有的浪漫，有的神武，单说张五郎神像为什么"头朝下，脚朝上"，就各有各的说法。有的说是他和太上老君的女儿私奔时，掉进山谷，挂在葡萄藤上的样子；有的说是他与老君斗法时故意摆出一个怪相，为了吓唬老君；有的说是太上老君砍掉了他的脑袋，再安上时，安反了，成了这模样。传说不一，神像也就只能顺其所愿。

我这一尊好像拿大顶，两手撑地，双脚朝天，弯脖举首，面孔向前，神情英武，动作滑稽，嘴角含笑，十分可爱。一般神像填藏用的方洞都开在背后，张五郎背在前，胸在后，填藏的洞便开在神像的胸部。张五郎的填藏洞中放着黄精，象征张五郎的五脏六腑，但这尊像太老了，洞内已空。底座也已糟烂，布满虫蚀的小孔，双腿早已残缺，没有脚

了。不过，残缺是另一种美，叫人用
想象去补充。

　　这尊像是明代的，尺寸很小，
通常给猎人放在背包内，打猎前拿出
来供在石头上，向他拜一拜，求他保
佑。

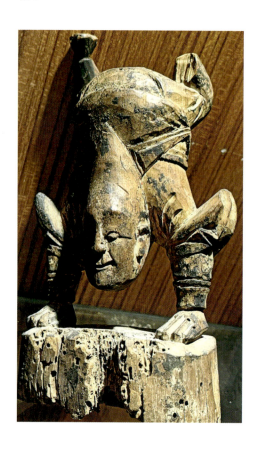

一幅画画好，意犹未尽，便会题写几句于其上。有的是点题，有的醒意，有的则生发情味。这些题画或诗或文，全是即兴为之，不加雕琢和修饰，却往往饶有意趣。

题画的诗文，与画相生，不独立存在，一旦随画而去，如同散失，不可复见。时常如此，未免可惜，因而生出一个习惯：倘若再题写了有意味的诗文，便记录下来。这里，摘录若干如下：

秋风江上

秋风又吹江边树，年年都动我情怀。

诸事如船眼前过，何人乘风明日来。

丙申随笔

二十岁时发如柳，春风吹拂易生情。

老来青丝落霜雪，自问情从何处生？

题画（题诗）

嘉陵江图

地树无风天云动，江浪不起舟自行。

君索嘉陵春五月，些须淡墨化水中。

一枝斜

只缘晨光穿窗入，屋外鸟影屋中飞。

纵笔写出一枝斜，忽落枝头应是谁？

题《花》

昨日春风悄入梦，吹出如花一笑容。

恍惚难说曾相识，醒来依旧在心中。

《山水》 27×48 cm 2013

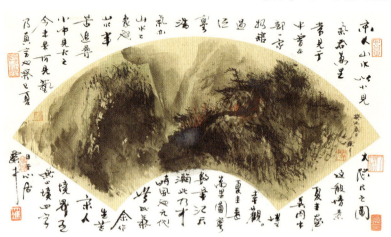

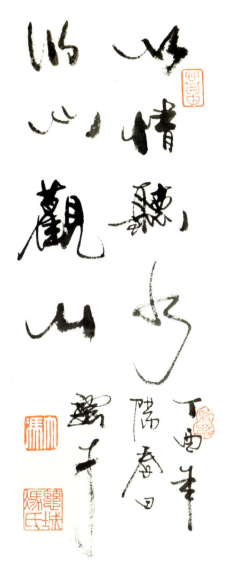

自题画

笔若狂风柳，墨如深谷烟。

须臾吞万里，满纸是云山。

幽谷白云

清泉出山谷，一路奏仙音。

云遮疑入梦，谁是梦中人。

山水相依图卷

水形由山势，山阳凭水阴。

山水本一体，相依便长存。

问春

春去无消息，问鸟鸟不语。

待到寒冬时，原在飞雪里。

丁卯写意

笔端有残墨，画水且为歌。

唱到烟波里，空空无奈何。

砚边文字

画画的人如果爱看书，有思考，又有写东西的兴趣，会禁不住在绘画之余，动手写些文字。写作的内容大多与绘画有关。我最初发表的文章就是非文学的，都是关于绘画的欣赏随笔、画评、对于画法或画史的一得之见。然而，我却从中尝到了将手写文字变成铅印文字的快乐。

现在保留在手中的一些最初的剪报，涉猎的题材和体裁十分驳杂。有欣赏性的文字，有谈古论今，有画法心得。比如《林风眠和他的画》《漫谈博古画》《插图画和回回图》《诸葛亮善画》《山水画中的点景人物》《笔简神足的"挑耳图"》《祭祀、道场、水陆画》《谈几幅版画作品》等等。这都是六十年代初（二十岁出头时）写的。写文章可以深化自己的感知，有助于确立自己的艺术理念。可是那时候，我还没写过散文和小说，还没有踏上文学之路；从今天回过头看，我是从非文学

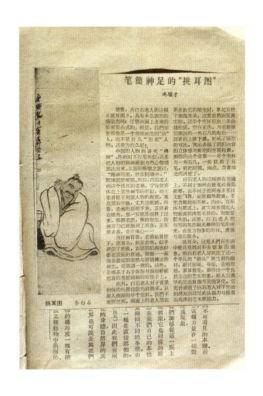

的写作渐渐进入文学写作的。换句话说，我日后的文学生涯是从画案、从砚边开始的。我从绘画的世界一点点发现一个通往文学的入口。

我还发现，我写这些艺术随笔，每逢需要用文字来描述一幅画的情境时，就会兴致盈然，语言也变得抒情和有声有色了。这一方面与我痴迷于艺术随笔有关，如巴乌斯托夫斯基、秦牧、王朝闻等人写的艺术随笔；另一方面，则是缘于我潜在的文学性情。所以在艺术史上我偏爱丹纳的笔法，在小说中我对富于艺术气质的罗曼·罗兰和契诃夫百读不厌。

故而，我珍惜自己这些最早的砚边文字，它们对于我无论是绘画还是文学都具有源头的意义。

用毛笔把自己的文章写下来，是一种自我欣赏，还是想过一过写字的瘾？

我不是书家，但我有用毛笔写字的瘾。

书法家首先要懂书法，临过碑帖，下过苦功，科班出身。书法有极强的专业性。我的专业是写作与绘画。今天的作家与古代的不同。古人在私塾上学，写毛笔字是基本功。古人平时都用毛笔写字，毛笔不离手，倘再有志于书法，又有所追求，自然就进了书法的门。现在的作家用钢笔乃至敲键写作，毛笔是陌生的工具，倘不痴迷与求学其中，谈何书法？站在今天回头看，最后有过私塾式写毛笔字童子功的一代是鲁迅、茅盾、郭沫若、老舍，尔后的教育就与书法挥手告别了。

书法成了隔行如隔山的另一个专业。

我现在的"书法"多半是因为喜欢写毛笔字。这大抵还和我画画有关。画画对笔墨与纸的性能

写字

熟悉，富有体验，喜欢行笔时的美感，这些与书法无异，所谓"书画同源"即是此理。而且一幅画完成，常常要题跋署名，自然也离不开毛笔字。尽管如此，这还不是专业的书法，只是一种由衷的热爱。

画家黄胄先生在世时，曾对我介绍了他的一个"经验"——看帖不临帖。他说他从来不临摹碑帖。他的观点是，入帖太深，便难免囿于其中，被古人捆缚手脚，做了失去自由的俘虏。他的办法是多多看帖，用心体悟，学习古人的结构之美与用笔的神髓。这样做的好处是，从古人学来的东西都是活的，很容易和自己的气质融合起来。

这样，写字就是我的一种"文人的生活"了。不论用毛笔偶书一页诗文、一段即时的感触，还是为友人题写一两句箴言，都是乘一时雅兴，雅玩一下笔情墨趣，并不在意个中的得失。

有时，还会从自己的小说中摘下一段有些味道的文字段落，书写下来。当把自己书房中的文字变为画室的一件有书法意味的小品时，也是一种乐趣。这乐趣是双重的：对文字的重温和对写字的玩味。

当然，这只是画室中一种最自我的小品。

平生多少情興義到頭還有幾人知不如此偶紙筆墨隨心所欲書無詩

癸巳魯日鵬羽

余昔時研習京畫猶愛劇李為夏秀峰古品似李女紅自信可傳馬遠郭熙之韻然當時但只世故經今事初難覓不尋出也乃往事但時下石脫難盡有京人筆佐然人魏何成説一周紐絆之自敢李可染先生以最人的方量打進去以最大的方量打出來談何容易進去難古来更難哂哂習古者之因感也遼哈乃人指點迷津

丁丑是暑後三日心唐主人鵬羽手

枯木怪石

画室中有两样陈设为我所爱，一是怪石，二是枯木。

苏轼有一幅名作，题曰《枯木怪石图》，此为苏轼抒写心中磈磊不平之作，但与我喜好陈设枯木怪石无关。

先说奇石怪石。

古来奇石为文人所好，所谓"斋无石不雅"。陶渊明、白居易、柳宗元、苏轼等都是奇石之至爱者，米芾更是石痴，他们每个人都有许多着迷奇石的故事和咏石的名句。奇石能够入画，古来画石的名家代不乏人。绝美的奇石怪石，被文人称为"供石"，早成了文坛宠物。

可是，我并不热衷这种精绝又完美的供石，不讲究"瘦透漏皱"，更不看重它出身和门第的高贵，不追求古色古香。

在我的眼中，玲珑剔透，过于奇巧，是一种讨好。石头应具有大自然朴素和单纯的天性，应是天生尤物。

我有一块广西大化石，四四方方，除去四四方方别无特征。但是看着它，心中会生出好奇：它何以这样四四方方？就凭着这么四四方方与众不同吗？

当然，它的色泽天生丰美，石纹自然多变，宛如一件窑变上品。

再有，它石质温润光滑，好似瓷枕，把手放上去，有一种清凉之气从其内里散发出来，叫人镇定。

因故，我把它放在画室外走廊的茶几上。画过画，坐在这里饮茶时，把热烘烘的手掌放在它"方方正正又平平"的石面上，清凉沁心，心魂遂静。

此石才是奇石。

枯木不会再节外生枝，无须照料，放在一边，给人一种历史的生命感。

我的枯木是崖柏，生于太行山，死于太行山。或盘根错节，或虬曲扭结，或挣扎似的伸展，都凝聚着一种生命的艰辛与生存的顽强，于不知不觉之中给我以影响，给我以力量。

崖柏一如黄山绝壁松，多生在危崖绝壁间，扎根石缝里，枝伸空谷中。这里的养分稀薄，日曝风撕，经寒历暑，若要活命，根须就要往石头里边狠扎，凭着生命的张力与不屈不挠，渐渐与坚硬的山岩合为一体。它的根常常是扁片状的，有时薄如纸板，有时纠结万状；或是受石缝的挤压，或是被狭仄的生存空间所扭曲。崖柏终生寂寞，很难长大。百年的崖柏死了，留在大山里的，也不过二三尺之躯。不过它不会腐烂，历久犹存，发白的枯体依旧坚实雄劲，刚硬不折，神姿傲然。

枯木怪石于我，不是一种画意，而是画中缺少不了的灵气与精神。

文人画

九十年代初，我重返丹青时写了一篇文章，题目是《我非画家》，开头便说明自己当时的状况：

> 近日画兴忽发，改书桌为画案，开启了尘封已久的笔墨纸砚，友人问我，还能如此前那样随心所欲吗？

我有些担心，怕多年未画手生了，但是完全没料到，当我重返阔别多年的绘画，非但没有疏远，反倒激情四溅，各种充满新意的画境喷涌不绝。我暗自吃惊，这些激情与灵感由何而来？后来渐渐明白，虽然多年不动丹青，但不断加深的文学的积淀，此时在笔墨中发酵。我觉得自己对绘画有了全然一新的感觉。我在《我非画家》一文中这样描述我的感觉：

《日日常鸣唤何人》　29×23 cm　2013

　　文学是延绵不断的绘画，绘画是瞬息静止的文学。文学是用文字绘画，绘画是以笔墨写作。

　　我把这篇文章作为个人第一本画集的序言。同时，在艺术理念上，一下子把自己与"诗是无形画，画是有形诗"的文人画传统紧紧拉到一起。

　　接下来，我一边在绘画本身上做探索，一边对文人画的历史、特征、规律、重要画家及其价值做研究，并确立自己的文人画观。接下来就是为文人画立论与发声了。此后我写过不少这方面的文章，甚至出版过一本书，名为《文人画宣言》。九十年代中期我在旧金山、东京和新加坡举办画展时，都以"绘画是文学的梦"为题做演讲。日本著名画家平山郁夫先生为我的东京画展图录撰写序言，还称我的画是"现代文人画"，我把平山郁夫先生这句话视作对我的支持。然而，我在国内画坛却很少得到呼应，大概由于时代变了，当代画家基本都是专业乃至职业画家，很少再有古代那种诗文书画原本一体的文人。

早在民国初年，陈衡恪先生就发表了非常有见地的《文人画之价值》一文，但他的呼吁也没有任何反响。

其实不必声张。文人画乃是文人内心的自我表达，逞一己之自由，无须自立门户，竖旗立帜。正是：

关门即深山，心驰笔墨间。

丹青个人事，无须再立言。

《小鱼》　33×18 cm　2017

信手涂抹

　　画案一边总堆着一些小纸，高不及尺，有的是写字作画时裁纸剩余的"零头"，有的是笺纸。朋友知道我爱用笺纸抒发一时之兴，见到好笺纸，便送给我。故我案头小纸成堆。有时完成画作，余兴未尽，或逸趣忽来，便伸手从纸堆里抽来一张，不假思索地涂涂抹抹。

　　我喜欢这种胸无成竹的写写画画。没有目的，没有刻意，一无所有，凭空而起。不是意在笔先，而是意在笔后。一笔连水带墨、有浓有淡地上去，感觉像一个雨后从云烟里冒出的山头，这便用淡墨湿笔染出层层白云。此时忽觉这个突兀而独立的山巅是一个"小天下"的绝境，便在这绝巘处画一株怪松，又在松下画一老翁，默然独坐。画到这里才想到，这不正是自己心中一种极致的东西吗？

　　倘若在纸上画一只小鸟，一时不知这鸟应立在何处，水边、花间，还是枝头？风里、雪里，还是

逆光中？期待、消闲，还是在独处？这时全要看自己此时的心境与灵感了。如果再画一只鸟从远处飞来，与这小鸟飞歌互答，这便充满情致了；若是没有别的鸟飞来，只是这小鸟在一片静谧又疏落的竹林里，一时心里边还有一些感觉无法画出来，便题写几句：

小鸟落竹中，不啼亦有声。

侧耳四下寻，原故是微风。

甲午（2014年）元月元日清晨早起，心情极好，进画室时空气冷，从窗子照进来的阳光中，似有一点温暖，好似春光。于是心血来潮，涂抹了一画，画的是窗外的寒林。这样的画也需要诗文的帮忙，遂题曰：

昨夜烟花辞旧岁，今朝寻春第一枝。

莫怪寒林皆冻柯，且看因风婀娜时。

最有趣的一次是站在画案前，忽有微风轻轻吹过。风无形，却有情。我写过"柳条也能见风形"一句，故在一块纸上，用中锋十数笔，随着风势，勾出画室此刻清清爽爽的风之形也。

这些信手涂抹的画，不是作品，甚至不是小品。它过于个人化，我本人却很爱惜。它更有我的意趣、性情和生命感受，而且有诗有画，笔墨自娱，接近传统的文人生活。

緣不可求

昨但烟龙輝屬藏今
朝华春華一報真啥寒社
普凍打且眉田四零蝴時
辛辛九月 首日

心無涯

丙申夏

我非诗人，偶亦写诗，凡书录者，皆保存了下来。其中若干，可见一斑。

自书诗

丁香尺

水墨画案丁香尺，茅草书屋日光心。

神来之笔随兴至，入世文章在更深。

阮郎归·和阮仪三先生

年年忧心又重重，村村欲变容。你我嘴硬有何用，人作耳边风。

文人单，弱如蚁，骨软更无力。只缘我辈心不死，相助又相惜。

书斋偶得

霞光映窗终还去，落叶入屋不出来。

情思原本无声息，只在案头独徘徊。

惟我

水中情弄曲，云上心写诗。

人人皆惟一，天地任由之。

乱涂

平生多少情与义，到头还有几人知。

不如化作纸笔墨，随心所欲书画诗。

辛卯冬日一日夜吟

少年常吟蜀道难，畏似天梯不可攀。

如今霜雪驻双鬓，始知蜀道在人间。

登阶步步皆心力，面前依旧百重山。

世事真谛君若解，应如挑夫默不言。

题扇

清风无形物，何以爽我怀。

天惑人无解，摇起小扇来。

流泉

山性本人性，云语皆可听。

流水情最切，谁解我心声？

普陀

天地一朵莲，就是普陀山。

观音花上坐，四海皆安然。

壬辰唱而书

我歌谁伴舞，我画自赋诗。

醒来天方晓，隔窗花几枝。

书斋生活

秋光入室暖，古乐透耳明。

闲情落书案，笔墨自相迎。

午后

蝉儿睡了树头静，鱼亦慵懒钓丝闲。

晒过书案日离去，好诗唤我把墨研。

忽有蝴蝶由窗入，无上风情到人间。

秋晨

一夜窗响风难入，清晨推门鸟进来。

莫道俗世无诗画，有心处处见李白。

重回故里

昔日入故里，乡情撞满怀。

十年成一梦，千里再归来。

桃花堤

谁人手执红粉笔，点染长堤处处春。

我问春风风不语，携香吹入万家门。

过巴东

群山万道闸，只准一舟行。

岸景疾如电，转瞬过巴东。

处暑日

昨日举茶送暑去，南窗犹晒怨秋迟。

大雁有情人字过，只待金风惹新诗。

葫芦

打破葫芦皮，籽出把芽钻。

开花结葫芦，籽复在其间。

中秋踏月归来

踏月归来身带光，宽去衣衫犹觉亮。

年年中秋黑不怕，只缘有灯在心腔。

辛卯一日清晨

欲借春风扫我心，清晨推窗鸟相亲。

桃红层层分远近，石径才见绿苔痕。

岁月歌

岁月何其速，哎呀又一年。

花叶全无迹，存世惟诗篇。

春去無消息閒鳥二三
語待到春冬時原庄
飛雪裏
題畫 鐵生

251

画室风景

在《书房一世界》中写到了我这代人所经历的书斋的变迁，从写作工具的换代到写作方式的更迭，再到书斋风景的不断"翻新"。那么画室呢？

在我前辈那里，画室的风景好像自古以来就一直没变。画案迎着透光的窗户摆放，上边摆着插着大小粗细毛笔的笔筒，还有笔架、砚台、镇纸，墨床上放着研了一半的墨；盛满清水的笔洗、形制别样的水盂和添水用的小勺儿，还有大大小小的色碟色碗。那时作画不铺毛毡，只铺几层废而不用的旧纸或报纸。一摞摞的宣纸与卷成卷儿的画都堆在书架上。

再整齐的画室也是乱的，再乱的画室也是美的。

这便是与一代代画家们终生相伴的画室了。

当然，他们的画室还有柜子、坐椅、条案、文玩架。架上陈放画家珍爱的古物、供石、典籍，地上放着插满画轴的画缸，案头摆着香烟袅袅缭绕的熏炉，墙上挂着长长垂落的字轴画轴，书画的内容各有所爱。

那一代人作画都是先用木炭打稿。我年轻时，要在冬天到野外折一些干柳枝回来，塞进铁罐内，再放在炉火中烧，来自制炭条。作画前先研墨，作画后必须洗净砚台和毛笔。画好的画要送去托裱，赠送人的画要安轴。

老一辈的画室兼做书房。于是，书香、墨香和熏香的气味奇妙地混在一起，一入书房便闻到这香味，芬芳又清爽。老一辈的文房植物多是文竹。

画室到了我这一代就急速变化了。

电话座机改为随身手机，摄影不再用胶卷，通信废弃电报，写作用键盘而扔掉了钢笔。这改变好像是一夜间的事。

书画不再研墨而改用便捷的墨汁，砚台成了古董。由于画作应用的社会化和画展所需，画幅的尺寸愈来愈大，画室空间的需求也愈来愈大，画案自然就愈来愈大。

老一辈画家不用壁毡和画墙，现代画家则把画

室内的一面墙开辟为画墙，铺上铁板，覆盖毛毡。作画时，用磁铁将宣纸固定在墙上。画墙上好画大画，可以观看一幅画好的画整体处理得如何。为了便于工作，画墙前还装上射灯。

现代画家看重画室的应用性、实效性、实用性，不再讲究一己空间的意趣与文化营造。它看上去更像一个车间，画案更像一个工作台，自然也就与老一辈画家的画室风景不辞而别了。

这说不好孰是孰非。时代不同，需求改变，风景各异。我站在这两代人之间，身上不自觉地还遗留一些传统，但"古调虽自爱，今人多不弹"。

《雪里送冬》小记

每逢腊月中旬，便会走进画室，拿出一些红纸，写些福字、春联与吉语，送给友人或留给己用，鲜亮地贴在屋内或门外，这也是国人过年的一件雅事。

春联和吉语最先是写在桃木板上的，桃符之一种，后来换用红纸。史书中记载最早的春联在后蜀时代，那副春联是"新年纳余庆，嘉节号长春"。后来在敦煌藏经洞里发现的春联和吉语时间还要早，比如"三阳始布，四序初开"是大唐开元年间的，到今天已经一千三百年了。

文人们写这些吉语，言必己出，或庄或谐，无不含着对生活的企盼。这就不免带着个人过去一年里的境遇与感受。记得前一年腊月里，我心里顺当，送给亲友们的吉语都是"笑脸迎福"。今年提笔的一瞬，心里却是一片悲怆的轰鸣。这一定来自疫情以及家事国事天下事中种种困扰与艰难带来的

《雪里送冬》 41×29 cm 2021

压抑。向来，每到年尾，心里都会生出对于快要离去的岁月的挽留，但此刻，却只想着这一年快快去吧，物换星移，叫先前那种正常的生活掉过头快快回来。

可是现在的我仍站在风雪里。我仿佛看见自己站在风雪里送别冬天。

心里充满一种急切和紧迫之情，一种异常的期待与渴望。这是很现实的期望。于是，心中便生出"雪里送冬"四个字。我要把字写出来。我感觉用红纸不适合，换了一片老宣纸。行笔时，我感受到一种来自内心的分外的凝重与坚韧。

字写好之后，感觉纸上的风雪没有表达出来，一时忽有灵感，为什么不画出来呢？这便用水墨在字的背后渲染出一片寒天，同时用"留白"的方法给这四个字所有"上沿"的地方留出厚厚的积雪，再以浓浓淡淡的铅白弹上漫天的飞雪……我觉得这正是此时此刻心中的企望。我把这幅另类的"字"发给一些好友，朋友们都受到触动，这不是今年我们共有的非常特殊的心境吗？

为此，我也留下一件特别的小品，亦书亦画亦人生。

画室内有个小本，白宣纸、线装，题签曰"笔耕人画语"，专门用来记下偶然从心里冒出来的艺术随感，多为短语箴言。往往举办画展时，会从中摘出若干句书写并彰显出来。九十年代初，在中国美术馆举办画展时，于中厅入口处横一幅，上边写着：

艺术，是艺术家心灵天空的闪电。

我想把自己对绘画的感觉告诉给观者。

我设在学院的大树画馆，也用"笔耕人画语"中的数句，作为前言：

艺术，对于社会人生是一种责任方式，对于自身是一种深刻的生命方式。我为文，更多追求前者；我作画，更多尽其后者。

笔耕人画语

绘画是把瞬间变为永恒。

文学是连绵不断的画面，绘画是片段静止的文学。文学是用文字作画，所有文字都是色彩；绘画是用笔墨写作，画中的一点一线、一块色调、一片水墨，都是语言。

除去诗词，我更喜欢把散文融入绘画，成为一种可叙述性的画。

艺术的本质是用最自然的形式表达最人为的内涵。

艺术家的工作是把艺术充分个性化，待这一工作完成后就看艺术家本人的天性是否具有魅力了。

我有一个黑皮面的手提公文箱，随我跑遍许多国家许多城市，箱子前后两面贴满花花绿绿各地的"城贴"。这个小黑皮箱是四十年前参加布鲁塞尔国际书展时一个华裔女孩子送给我的。这个故事我另外再写。这里，我想说这个小箱十分神奇，里边装满我一种很特别的收藏——就是"名人手迹"。我珍藏的名人手迹大多出自著名的作家、音乐家、画家、歌唱家，比方雨果、托尔斯泰、巴尔扎克、罗曼·罗兰、司汤达、马克·吐温、海明威、马尔克斯、莫奈、毕加索、罗丹、李斯特、圣桑、帕瓦罗蒂等等；也有科学家，比方爱因斯坦、居里夫人、爱迪生、库帕等等。有信札，有签名，有手稿，有作品。这些全是他们生命的痕迹，全能使我感到那些伟大的生命依然活着的气息。

这里边几位画家的信札很珍贵。虽然只是普普通通的生活书信，但字里行间有他们的朋友、助手、熟人，以及工作交往和读书，还有为孩子的教育操心。

我喜欢他们的画，他们的许多画在我心里。我关心他们的心灵，研究过他们，探访过他们的故居，甚至写过关于他们艺术或命运的文章，比如为罗丹写了《燃烧的石头》。这样，留有他们亲笔墨迹的纸块就意义非凡。我感觉这些纸块是他们留给我的。

这使我联想到一位与我有相同爱好的人，就是奥地利作家茨威格。尽管他大量珍贵的藏品全部毁于二战的战火，片纸无存，但他比我更执着、更专心、更疯狂。茨威格的传记中有许多令人不可思议的收藏故事。我相信，只有他这样一个近于偏执的收藏家，才能写出《看不见的收藏》那个狂热又感人的小说。我理解他，他这个收藏兴趣缘于对文学的痴爱，爱之过切就会超越文学，延及那些伟大作品的天才创作者——作家。这也是为什么狄更斯对莎士比亚故居的保护那么投入的原因。

留住故居是留住作家的方式之一，留住作家手迹也是留住作家的方式之一，所以我在这件事上用了不少力气。

莫奈信札（1898年）

步入金黄

　　近几年中，我时有一种进入成熟的感觉。说是一种感觉，不如说是一种人生的境界。

　　我已经离开了那种膨胀的、竞争的、极力占有的夏日，进入成熟的秋天。人的中年分为两个时期，前期接近青年，而后期趋向暮年。在前期，我们仍像在夏天里，努力发挥自己，尽量赢取与奋争，甚至贪婪地要占有一切可能。此后，便进入了另一个时期、另一种境界，自觉或不自觉地变得平静了、镇定了、自足了，自足中有一种充实、成熟与稳妥，还有一种灿然。这时，这样一幅画便悠悠然地出现在我的面前。我的画真是很少很少，我的画常常是我这样的人生阶段的一帧"历史照"。

《步入金黄》　68×68 cm　1994

宫扇

男子摇折扇者多雅士，女子秉纨扇者多仕女。唐寅有《纨扇仕女图》。

纨扇，亦称宫扇。古代多为圆形，又称团扇。初为素绢绷面，多素扇，后请名家在扇面上题字作画，宋代流行一时，故传世的宋人小品多为团扇形。

至此，宫扇已成玩赏之物。国人艺精工巧，用各种材料和各种工艺来制作扇面和扇柄，都能花样翻新，穷极考究，巧夺天工。比方这把宫扇的扇面《孔雀花石图》，是一件绣品，而且是绣品中的绝品。扇面中央，草坡奇石上栖落一双孔雀，五彩花翎，灿若锦绣。牡丹翠竹前后相映，逸草闲花四处簇拥。一株粉桃花影凌空，数只灵雀飞鸣互应。这是宋元以来标准的"全景花鸟"：奇石异木，大鸟小雀，绿草鲜花，构成一图。然而，要将如此丰繁的景象尽显在咫尺大小的宫扇上，又能疏密有致，绝非易事。幸亏制此扇者是一非凡的绣工。

我曾在《三寸金莲》中写过一个精于刺绣的女子桃儿，就是从这宫扇中得到的启示。细读这绣扇，其精微缜密、细巧超绝，叹为观止。尤其正中最惹眼的孔雀的长尾，每个花翎都像真的，根根羽毛都是一针针绣上去的，每根线都是从中分出的细丝，之精之巧，不可思议。而且在针法上一定藏着绝技，扇子一动，熠熠闪光。

整个扇面的布局上，严谨又通透；绣法上，细密又圆顺；设色上，绚丽又清新。沉稳又不失生动，华贵又不失文雅，庄重又不失亲和。如此绣扇，何处还能得见？

这宫扇显然不是寻常人家的物品。它来自哪个豪门深院，抑或皇家？

我的一位友人是富可敌国的大收藏家徐世章的后代，这宫扇原为他父亲徐世章所藏。六十年代中期徐家受到冲击，家道中衰。这扇子是劫后残余，却已破败不堪。大漆的扇柄已折，扇框断裂，双面绣的扇面，只剩下这面《孔雀花石图》，所幸还算完好。但变卖不值钱，便送给我作为画样保存。我珍爱它的工艺，将它从破扇骨上拆下来，请人裱成镜心。

这话说来已有四十余年！

历史有情，把它遗留下来；朋友有义，将它送给我；我也有心，将它珍存至今。

我们每个人记忆中都有门神这幅画、这个形象，可见它影响之广，流传之久，与中国人关系之深切。

中国人除旧迎新时有两种心理来得分外迫切，一是辟邪，一是祈福。辟邪比祈福更重要，就像健康比财富重要。辟邪仰仗着挡在门外的神，这神便是门神。门神有驱妖、降魔、除鬼、避邪之法力。

最初有名有姓的门神是《山海经》中的神荼与郁垒，后来便是唐代两员开国大将秦琼和尉迟恭。相传唐太宗李世民被恶鬼作祟，不得安宁，便派这二员大将镇守大门，阻挡魑魅魍魉。其实这只是传说而已，人们希望门神能够守家看户，以保家居平安。可是唐代的门神什么模样，没有遗存，无从得知。到了宋代，门神何样，在大画家李嵩的《岁朝图》中，就可以看得明明白白了，而且能知道，宋代的门神已有"文门神"和"武门神"之分，武门神贴在院外的大门上，文门神贴在院内的房门上。有趣的是，大门上武门神的形象吹胡子瞪眼，竟然有些契丹模样。这是因为门神要有一种吓人的凶相。唐朝时，西边的胡人厉害，力士天将都是胡人相；到了宋代，北边的契丹人凶烈，力士天将便带着契丹模样了。

在纸没有出现之前，门神是画在门板上的。纸出现之后，便把门神画在纸上，然后再贴在门上。南北朝时的《荆楚岁时记》就有这种"贴画于门"的记载。画在纸上要比画在门上便捷多了，但还是人工画上去的，不是印刷品。印刷需要有版。

后来发明了雕版，年画改用雕版印刷。印刷可以大量复制，贴门神的民俗便得到了广泛的推广。孟元老在《东京梦华录》中说，在宋代京城汴梁，每至腊月，市井间纷纷印制和贴用门神。我当年临摹《清明上河图》时，就发现图中已经有一个专卖印制民间诸神的"王记纸马店"了。如此算来，印刷的门神盛行于民间已近千年。

可是，门神是纸质的、应用性的，应用时又是粘贴在门板上，过后就破损了，很难保存。所以，自古以来，虽然年年这样海量地贴用门神，至今却连一张清代中期的门神原作也绝少见到。

我的一位好友江泽先生，是一位研究民间艺术的学者。他长我近十岁，五十年代参加过杨柳青年画的大规模调查。九十年代时，他送我一卷年画，说这是他当年在杨柳青采集到的，东西很老，虽然有残，但是极有保存价值。他叫我藏好。

我打开这卷画，是一对古老的门神。一眼看去，便有惊奇之感！秦琼和尉迟敬德二将雄姿英发，威风凛凛，执锤而立；盔甲豪华繁复，衣饰精致考究。画法明显是杨柳青的，手绘技艺如此精熟优美，也只有杨柳青人能够做到。人物形象庄严又沉静，气息古雅，特别是背景铺满石绿，四边又用朱砂围框。这样的设色，先前从未见过，明显带着皇家气象。

从故宫的文献中获知，每逢岁时，紫禁城内各门都要安挂春联与门神，腊月二十六日自乾清门和乾清宫开始依次铺开，挂满宫中各处，直到二月初三日撤下。这些门神由内务部造办处安排加工制作。杨柳青的画工闻名九州，不少艺人曾为宫廷效力。待门神画好，裱糊在木制的框架上，岁时安挂，用后贮存。宫中有专门贮存门神的门神库。由于这些挂在室外的门神很容易破损，年年使用之前都要检修，甚至更换。

宫内的门神与民间不同，很少使用套版，都是在一道线版之后，余皆手绘。所用民间画工一定是高手，在造型和设色上追求富丽堂皇和高贵典雅，就像江泽送我的这对门神。

宫廷使用门神，绝不会直接用糨糊粘贴在门上，而是先裱糊在木架上，再悬挂于门。宫中的门大，门神的尺寸比一般人家大得多，即使院内的宫室门神也近两尺宽。我这对门神恰恰是这样的尺寸。

我问江泽："你认为这是什么时候的？"

江泽说："清初前三朝。"

我问："宫里的东西，怎么会留在杨柳青？"

江泽说："可能是艺人留在手中的样稿。有样稿才好再画。"

样稿一定更好，我视为珍品。只在过年时，拿出来挂一挂，寻求一点真纯的传统的年味。

光线

我喜欢在灯光下作画，不喜欢在日光里作画。

日光照在纸上太亮，笔墨失去了细微的韵致，而且一天里从早到晚光线还会不停地变化，改变着画面的色度和色温，使我们对画面的感觉游离不定，颜色不准。只有在灯光下才能保持画面的稳定性。

一次迁入新居，桌案正对着窗，但窗外是一株很大的梧桐树。密密匝匝的树叶像拉着一道很厚的窗帘，把直射的阳光挡在外边，进入屋中的自然光就变成一种淡银色，柔和而自然，那一阵子画画很舒适。可是不久，铺在画案的宣纸上出现一块刺眼的亮块。原来是窗外的梧桐落叶了，秋天的太阳照进来了。随着叶子一片片脱落下来，宣纸上出现愈来愈多夺目的亮块，根本无法再画画。等到木叶凋零，画案上的树影变成了一片网状的枝丫，中间跳来跳去的是小鸟的影子。这情景很美，但适合于写

作。写作时不怕视觉的干扰，绘画不行。

　　自从我有了独立的画室，就永远拉着窗帘，作画时打开灯。灯光的亮度是恒定不变的，使我在作画时感觉不到光的存在。

每每作画完成，便关了顶上的大灯，开开小灯。我画室里有三四盏小灯，有的是亭亭玉立于屋角的羊皮罩、长柱的台灯，有的是一束光线穿入芦花丛中的射灯，有的是藏在木俑陶俑间或明或暗的夜灯，有的是优美却不招摇的装饰灯……这些小灯都不是用来照明的，而是参与了我画室中一些美和意境的构建。

　　我的画室——只有在帮助我完成工作之后，它才呈现出自己的美来。此刻，它会叫我获得享受，有所发觉或发现。坐在其中，沉浸其中。

民间信仰中，灶王是家庭保护神，掌管一家人的衣食温饱、出入平安。传说中灶王被玉皇大帝派到人间来，还要观察这家人的善恶，到了腊月二十四日这天，回到天上向玉皇如实禀报。所以，逢到此日，民间要举行"送灶"和"祭灶"的仪式，换贴新印的灶王像，摆供上香，祈求灶王"上天言好事，回宫降吉祥"。这是过去的中国人人都知道的一个传说、一个年俗。所以，灶王像是年画中必不可少的一种。

此外，灶王像还有一个很实用的功能，就是印在神像上方的当年的年号、年份和二十四节气表。在古代的农耕社会里，人们生活与生产的方式都和二十四节气密切相关。这灶王神像相当于古代的年历了。

为此，灶王像的印制有个特点：画版上的神像不必重刻，用老版就行了，但是年号和节气年年不

延时灶君

同，必须重刻。所以在神像版的上方，要空出一个地方，专门用来拼装每年更换的年号与节气表。

如今时代变化，过年时已经没有人家贴灶王了，但我还要挂，而且从不更换，总挂同样的一张。这张灶王像很特别，上边的年号是"大清宣统四年"——这个年号历史上是没有的！

宣统是中国历史上最后一个皇帝，在位只有三年（1909—1912）。由于辛亥革命的巨大冲击，各省独立，清王朝实权分崩离析，1912年2月12日皇帝下诏退位，宣统皇朝随即结束。这一天距离农历新年还有六天。也就是说，这一天还在宣统三年之中。所以历史上没有宣统四年。

宣统四年的灶王像是哪儿来的呢？

宣统皇帝退位来得突然。他退位这天，正好是民间祭灶日，而远在乡野的年画艺人并不知朝廷里的事，依旧按照千百年来一直不变的习惯，把灶王上边的年号和节气一换，早早印好，等候祭灶，这便是"大清宣统四年岁次壬子"灶君神像的来历了。于是，中国历史一个最重要的转折时刻，戏剧性地留在一幅民间年画中了。

大清宣統四年歲次壬子

五龍治水　九牛二丙　喜

正月大　初三雨水十八京折（驚蟄）
二月大　初三春分十八清明
三月大　初四穀雨二十立夏
四月小　初五小滿廿一芒種
五月小　初六夏至廿三小暑
六月大　初八大暑廿三立秋
七月小　十一去暑廿六白露
八月大　十三秋分廿九寒露
九月小　十五霜降三十立冬
十月大　十六小雪初一大雪
十一月小　廿五冬至初九寒
十二月大　廿四大寒初九立春

二牛耕地　八日得辛

喜神東北　貴神東北　財神西南　太歲東北　正北

竈君府

上天言好事　　　回宮降吉祥

这是一个阴错阳差被延时的有点滑稽的灶王。

这幅灶王像四套版，色彩错落丰富，色调浓烈火热；人物身材短小，黑眼球偏于眼眶一侧，生动、活泼、传情。这些都是燕赵年画产地武强特有的地域风格。

二十世纪九十年代初，重新开启了绘事，有了很多新作之后，遂在海内外举办画展，以飨观众和读者。先后依次在天津、济南、上海、宁波、重庆和北京诸城巡展，而后渡海跨洲，远赴新加坡、东京、维也纳和旧金山等各国各地办展。展览同时，兼做艺术和文学讲座。这过程先后三四年，其中最为盛大者当属1992年年底在中国美术馆举办的个展。一百二十幅作品占满了二楼一层三个厅，开幕式上王蒙来致词，雷洁琼剪彩，京城文学艺术及社会各界好友如云，一家报纸竟以"非画展，人展也"这样一句半玩笑的话作为报道的题目，可见当日之盛况。

好友莅临，皆缘自情意。特别是八十年代，文朋艺友之间至诚相待，很少功利。若有人因身体原因不能出席，都会致电或致函给我。在北京画展上，我收到几位文坛前辈的致函，他们于事认真的

前辈尺简

态度、待我爱惜之情，现在看来都十分感动。比方下面三封来函：

杨绛、钱锺书的来函

骥才先生大鉴：

　　奉到惠柬，甚感。先生文翰绘事，兼能并擅，钦佩已久。所恨愚夫妇衰疾缠身，时值严冬，患宿疾复发，殊畏出门。未克躬逢盛会，一饱眼福，歉憾之至。然睹柬内复制一帧，已如尝鼎一脔，其味无穷矣！

　　专此布谢，即颂

冬绥

杨绛　同上
锺
一九九二年十二月七日

叶君健来函

冯骥才同志：

　　您好！

收到您的画展开幕式请帖，非常高兴。在一般情况下，我会一定参加，共享盛况。但我刚从医院（已住了三个多月）出来，尚不能出外活动，深感惋惜。我患的是癌症，但因最初误诊，耽误的时间太久，以致扩散，经抢救和大夫们的精心治疗，现已基本恢复正常，但身体虚弱，尚须静养一个阶段。

　　祝画展取得成功！

　　敬礼！

叶君健

1992.12.12

季羡林来函

骥才兄：

　　实在是万分对不起，我今天没有法子来参加你的画展开幕式。这是我老早就盼望的一天！可是事前我早已答应了中国民间文学研究会，要出席他们的在同一天上午举行的讨论会。九十高龄的钟敬文先生殷切盼望我能参加。我不忍让老人失望。

　　在重庆我仓促看了你的画展，这给我留下了难以磨灭的印象。我自谓是颇懂得一点画的。你的画我认为有极高的水平，在当前中国是难以找到的。

李舒同志和他的夫人徐淑燕女士前来参加，我托他带这一封信，表示诚挚的祝贺。并带来几本我最近出版的书，请哂收。

我告诉过你，我颇收藏了一些名画。如你有暇，望来舍下一观，定不会让你失望。请事先打电话给我（2561166-3141）。

请代向你夫人致敬。祝

康吉

季羡林

1992.12.14

如今再看这些信，会联想起一些事来。比如九十年代中期，与季老一起出席在长江游轮上举行的中日韩三国文化交流会议时，季老就约我去他家，看他的书画收藏。我还记得季老站在甲板上笑眯眯，那神气带着一种庋藏丰厚的得意。他在这封信函中，还用了"颇收藏"三个字，表示这种"优越感"。我心里一直想去季老家看画，可惜世事纷杂，时光匆匆，几次要去，终未实现。如今季老走了。人生有些事错过了就错过了。

由于少年时痴迷安徒生，心敬叶君健先生。待见到叶老，多了几分拘束。然叶老其人，如同他的文笔一般透彻又亲近，很快与他熟悉，偶尔碰见，随便聊聊也很快活。一次还和叶老愉快地谈起安徒生的剪纸呢！叶老走后，一次去丹麦，跑到菲英岛上的欧登塞去拜谒安徒生故居。故居博物馆内有一个很高很大的书柜，放满安徒生作品各个语种的译本。我马上想到叶老的中文译本，很希望见到，又怕找不到。忽然发现了，竟然有几十种，占了书架上很宽的一格。我当时感觉很满足，很骄傲，为了安徒生能有这么多、这么传神的中文译著，更为了成就卓著、可亲可敬、令人怀念的叶君健先生！

这些尺简一直被我珍存。

玻璃画

我的一位德国朋友梅儒佩先生有个"怪癖"，他几十年如一日，倾尽心力收集中国昔时一种奇特的民间画——玻璃画。这是一种舶来的画，据说是由三百年前的意大利画家郎世宁传入中国的。这种画的原理有点像鼻烟壶，把图像画在玻璃的背面上，反过来装在镜框里，绘制的方式和观看效果都很新奇。这种画原先中国没有，所以很快就招来人们的喜欢而风行一时，从商家店铺、橱柜、神龛、嫁妆到家居墙壁，到处可见这种五光十色的玻璃画。

由于它在社会生活中应用广泛，画中的题材内容自然也是人们喜闻乐见的。既有神话传说、戏剧故事、美女胖娃，也有世俗生活、名山胜迹、时尚新风。

可是，随着时代的更迭、生活方式和审美的变迁，这种"反画正看"的玻璃画渐渐就不新鲜了，悄悄地离开了人们的生活。由于它不是主流艺术，又都是些不知名的画工画的，一直没有进入收藏家藏品的行列，今天若要找到一件老玻璃画的精品已非易事。

最初，不知梅儒佩从哪里打听到我年轻时画过玻璃画。他来找我，向我打听这段关于玻璃画的生活。我告诉他，我那时靠画画谋生，有一段时间，古画是"四旧"不许碰，断了我摹古的生计，只能画玻璃画。但玻璃画与国画完全不同。玻璃有光，不着水墨，必须先给玻璃磨砂。画好之后要用油漆涂上一层，画上的墨彩才不会脱落。油漆是彩色的，可以在设色上增加画面的厚重、鲜艳和立体感。经过一段实践，我渐渐掌握了这种玻璃画的画法。

中国人引进玻璃画之后，自己还创造了一个新品种——"镜子画"。就是把玻璃画搬到水银镜子上去。画这种镜子画，先要将一部分镜面的水银刮掉，露出玻璃，在上边画玻璃画。这种镜子画挂在墙上，亮闪闪，很漂亮。需要照镜子时，没有刮掉水银的地方依旧可以照人，美观又实用。我年轻时画过不少玻璃画和镜子画。

梅儒佩将我视为知音。他常常来中国调查和研究玻璃画，也收藏了许多古老的玻璃画精品。其间不时来访我，话题全是玻璃画。我们一同品赏，一边交流心得。他还常常请我帮他鉴定一些老玻璃画的年代。我偶尔碰到一件稀罕的老玻璃画，也会收藏。其中几件叫他十分称奇。

其中首推《天京之战》。这是两幅画，一左一右的对屏。画的是曾国藩的湘军与太平天国一战，描绘天京陷落的历史。画面简洁、严谨、精细、生动，场面宏大，情节激烈。以往玻璃画多为世俗题材，如此描绘真实历史事件的实在罕见。

再一幅玻璃画也绝少见过。这是一幅盛装的西方贵妇人的肖像，品相陈旧而古老。这妇人华衣丽裙，珠光宝气，冷艳高傲，正在玩耍一只灵雀，俨然一位十八或十九世纪的贵族美女。在我看，中国民间是不会挂洋女人肖像的，而且画法完全是油画技法，那时代中国民间没有人擅长这种画法。梅儒佩认为这是西方（德国或法国）的玻璃画，显然是殖民地早期（十九世纪末）来天津居住的一位有身份的西方人带来的。这样，它就是一件租界时代的历史遗物了。我在写长篇小说《单筒望远镜》时，曾想象它挂在小说人物莎娜在紫竹林法租界家中的墙上。

小说里的画家

任何作家最深刻的生活都是自己的生活。所以，作家写小说时，总会情不自禁地把自己的生活感受放到小说中来。

我在写小说前从事画画，所以我第一个短篇《雕花烟斗》写的就是一个触动画家心灵的故事。那时期，我的两部中篇《斗寒图》和《感谢生活》都是以画家为主人公。《俗世奇人》中也有不少奇人皆擅丹青，画艺超绝，故事惊艳，比如《黄金指》《蓝眼》《十三不靠》等等。我写这种画家生活的小说很上劲儿。我还为好友韩美林写过一部口述史《炼狱·天堂》，自信这部书完全忠实于韩美林赤裸裸灵魂的自白。

然而，这些小说中的画家对于我还都是"他者"，我只是去描述他们，还不是我想写的画家。我想"用画笔去写"画家。我这话并非故弄玄虚。我想用画家的感觉来写一位画家，真正将画家特有的视觉性的想象、联想与思维，以及特有的敏感、特有的艺术情感与生活情感写出来。这样的小说必须"第一人称"。只有第一人称，作家本人才好介入小说。

这个想法在我心里一直活着。直到近几年我写了一部多卷本的个人心灵史——《冰河》《凌汛》《激流中》和《漩涡里》，由此感到我的"自我积累"十分厚重，这个活在我心里的想法便有了"求生的渴望"。我要写我们这一代人，我要以现当代文学中很少作为主角的画家们来做小说的主人公。我要用画笔来写。

我要在这部小说的写作中，将自己的艺术感觉、视觉想象、艺术情感乃至艺术观，尽情表达甚至宣泄出来。

我的人生感受便也融入了小说。

我个人的人生与艺术生涯成了小说主人公的资源。

尽管在构思小说时，主人公楚云天是第三人称，但在这样写作中，第三人称渐渐向第一人称转化。我不知不觉把第三人称当作第一人称来写了。

我从未有过如此身心投入的写作。这种写作的快感是我的种种艺术感觉，还有艺术情感，在这里得到活灵活现的文字表达。

　　这种写作既是用画笔来写作，也是用写作的笔来画画。

　　这样的写作我希望再来一次。

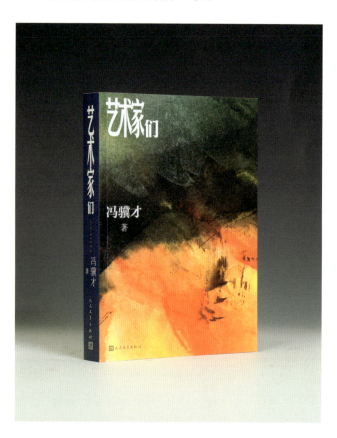

图书在版编目（CIP）数据

画室一洞天 / 冯骥才著. -- 北京：作家出版社，2022.1
ISBN 978-7-5212-1618-9

Ⅰ. ①画… Ⅱ. ①冯… Ⅲ. ①随笔 – 作品集 – 中国 –当代
Ⅳ. ①I267.1

中国版本图书馆CIP数据核字（2021）第241075号

画室一洞天

作　　者：	冯骥才
责任编辑：	钱　英　杨新月
装帧设计：	合和工作室
出版发行：	作家出版社有限公司
社　　址：	北京农展馆南里10号　　邮　　编：100125
电话传真：	86-10-65067186（发行中心及邮购部）
	86-10-65004079（总编室）

E-mail:zuojia@zuojia.net.cn
http://www.zuojiachubanshe.com

印　　刷：	北京盛通印刷股份有限公司
成品尺寸：	146×212
字　　数：	136千
印　　张：	9.375
印　　数：	001–10000
版　　次：	2022年1月第1版
印　　次：	2022年1月第1次印刷
ISBN	978-7-5212-1618-9
定　　价：	72.00元（精）